T0014505

Contemporánea

Alberto Ruy Sánchez nació en México en 1951. Vivió en París, donde hizo estudios de literatura y de filosofía política. Allá se volvió editor y escritor. Ha publicado 28 libros, entre ellos los ensayos *Elogio del insomnio*, *Con la literatura en el cuerpo* y *Una introducción a Octavio Paz*; los poemas de *Decir es desear*, *El bosque erotizado*, *Escrito con agua*, *Luz del colibrí*; el relato *Los demonios de la lengua* y especialmente el ciclo de libros experimentales sobre el deseo, Quinteto de Mogador, donde confluyen poesía y ensayo en relatos novelescos y documentales: *Los nombres del aire* (Premio Xavier Villaurrutia, 1987), *En los labios del agua* (Prix des Troits continents, 2000), *Los jardines secretos de Mogador* (Premio Cálamo Otra Mirada, 2002), *La mano del fuego* y *Nueve veces el asombro*. Los cinco se han vuelto libros de culto en varios países. Su obra ha sido traducida a una docena de lenguas y ha recibido más de veinte premios: en San Petersburgo, Lugano, Montauban, Chicago, Louisville, Zaragoza y México, entre otros. Codirige la revista *Artes de México*.

www.albertoruysanchez.com
@albertoruy

Alberto Ruy Sánchez

En los labios del agua

DEBOLS!LLO

El papel utilizado para la impresión de este libro ha sido fabricado a partir de madera
procedente de bosques y plantaciones gestionadas con los más altos estándares ambientales,
garantizando una explotación de los recursos sostenible con el medio ambiente y beneficiosa para las personas.

En los labios del agua

Primera edición en Debolsillo: marzo, 2022

D. R. © 1996, Alberto Ruy Sánchez

D. R. © 2022, derechos de edición mundiales en lengua castellana:
Penguin Random House Grupo Editorial, S. A. de C. V.
Blvd. Miguel de Cervantes Saavedra núm. 301, 1er piso,
colonia Granada, alcaldía Miguel Hidalgo, C. P. 11520,
Ciudad de México

penguinlibros.com

Diseño de portada: Penguin Random House / Colin Landeros
Imagen de portada: iStock
Fotografía del autor: Margarita de Orellana

ISBN: 978-607-380-460-8

Impreso en México – *Printed in Mexico*

A la que
en sus sueños
me despierta
para estar en ella

Tu sueño se dormirá en mis manos
marcado por las líneas de mi destino.
VICENTE HUIDOBRO

¿Qué pasa si un hombre visita el Paraíso
en un sueño, le dan una flor como prueba
de que estuvo ahí, y al despertar
encuentra esa flor en su mano?
SAMUEL COLERIDGE

Si en tu sueño el agua
te cubre, danza con ella.
Si en sus labios despiertas,
has traído del sueño
la humedad del amor.
Hazle un lugar en tu vida
y nunca más tendrás sed.
PRINCIPIO SUFÍ

El sexo es una escritura muy cruzada.
RAMÓN GÓMEZ DE LA SERNA

El alma del agua me ha hablado
en la sombra.
AMADO NERVO

Uno
El agua de los Sonámbulos

I. Antes de que todo cambie, contar esta historia

La noche que guardas en la mano, la noche que abres para acariciarme, me cubre como un manto navegable.

Voy hacia ti, lentamente. En la noche, el brillo de tus ojos me conduce. Veo tu rostro en ese sueño. Veo tu sonrisa. Me dices algo que no entiendo. Te ríes. Entonces me lo explicas con las manos, tocándome. Dibujas tu nombre en mi vientre, como un tatuaje, con letras por ti inventadas, que son caricias. Voy hacia ti, con infinita paciencia, como si un inmenso mar entero fuera la medida de este viaje. Voy de la orilla de mi cuerpo al tuyo. Tu sonrisa es mi viento favorable.

La noche en el hueco de tus manos canta como el mar, con furia. Llenas mi espalda con las huellas de un oleaje que entra suave y arañando se retira.

Entras en mis oídos dibujando caracoles marinos: dentro llevo ya tus tormentas, tus ciclones, tus abismos. Tus voces bajan ya por mi garganta. Entras también en mis ojos con tu mirada: los tuyos tienen el color cambiante del agua. Entras en mi pecho con el tuyo: la piel protesta haciendo remolinos. En la orilla más baja de mi vientre tus caderas dejan, una y otra vez, la curva más violenta de tus olas: bañas mis playas, las golpeas y las devoras. Tu espuma y la mía se mezclan, como mis labios y los tuyos.

Tu cuerpo de agua canta. Sus voces me llevan en su corriente. En la noche de tus manos visito todos tus sueños. Déjame contarte con las manos los míos.

Hace nueve años que vivo con esta historia quemándome la lengua. La he tenido más guardada que un secreto: es más difícil de decir que uno de esos momentos dolorosos de la vida, todavía frescos e hirientes.

Pero hoy sucedió algo que me empujó finalmente a hacerlo. Como cuando un clavo saca otro clavo. Esta mañana, una lluvia escandalosa y repentina golpeó las ventanas del cuarto donde yo dormía. Era como si el agua, arrojada con fuerza por una de las manos hechiceras del viento, hubiera convertido los indiferentes rectángulos de vidrio en alborotados tambores que me despertaran para anunciarme la llegada de un inesperado visitante.

Su música indecisa me despertaba sin brusquedad, mezclándose con las últimas imágenes de mis sueños. Detrás de la lluvia, a lo lejos, escuchaba la voz dulce de Maimuna, con su tono profundo, diciendo mi nombre, llamándome hacia ella. Luego me daba cuenta de que la música de vidrio no era producida por la lluvia sino por sus uñas tocando alegres mi ventana. No había visto a Maimuna en muchos años porque vive en otro continente. Pero en ese sueño que estaba más marcado de realidad que todos mis sueños anteriores, su voz acariciaba mi nombre. Me pedía que le contara todo lo que me había pasado en Marruecos, hacia donde yo estaba a punto de embarcarme la última vez que nos vimos. "Escríbemelo, me decía, es probable que cuando lo hagas volvamos a vernos." Como si escribiendo esta historia yo hiciera pases mágicos o pronunciara las frases que pudieran transformar mi realidad.

Y se iba, dejándome de nuevo en el vacío. Tal vez el mismo vacío que ahora intento llenar con palabras y deseos, con imágenes tejiendo una historia, con sueños que extiendo en la superficie del día.

Hasta ahí su visita no hubiera pasado de ser un sueño cualquiera. Pero antes de irse, sobre el polvo de la ventana llovida, Maimuna me había dejado la huella de su mano extendida, como diciéndome "adiós, me voy pero sigo aquí contigo".

Al despertar por completo, lo primero que hice fue correr a la ventana y, estoy seguro, alcancé a ver nítidamente la huella de su mano antes de que la lluvia la borrara. Pensé, por supuesto, que alguien podría haber dejado ahí esa huella mientras dormía y que en mi medio despertar había seguido mezclando evidencias y delirios. Pensé también que, en todo caso, la aparición de Maimuna en mi sueño, su petición, la huella de su mano, imaginadas o existentes, eran de cualquier modo evidencias de mi necesidad de contar finalmente esta historia.

No es la primera vez que intento hacerlo. La última fue hace varios años. Estaba todavía en Marruecos, en un hotel de Mogador que daba por una ventana a la plaza y por otra al mar. Había pasado la noche con una mujer que ocupaba de golpe todos mis deseos y todos los planes de mi vida. Me había despertado un rayo de sol que se coló entre las rendijas de la ventana. Eran ya las nueve de la mañana. Desperté buscándola.

No estaba a mi lado. Había dejado una nota diciéndome que regresaría a las seis de la tarde. Tenía varias cosas urgentes que solucionar. Como desde el día anterior me lo había advertido, su nota no me alarmó. Pero las nueve horas de espera me parecían una eternidad. No tenía ganas de salir, ni tenía sed, ni hambre, nada. Sólo quería verla de nuevo, estar con ella, preguntarle y contarle todo.

Abrí la ventana, me llené del aire marino de la mañana y comencé a observar la agitación creciente de la Plaza del Caracol. No muy lejos de donde yo estaba, el contador ritual de historias, el *halaiquí,* comenzaba a desplegar sus ademanes y a reunir a su público. Varios círculos atentos se formaban a su alrededor, uno cada vez más grande después de otro, como si su repentina presencia entre la gente que ya poblaba la plaza fuera una piedra tirada en la superficie del agua.

Vestido de raso azul y rojo, con el turbante blanco brillante, el *halaiquí* extendía cada historia ante los ojos asombrados de su público como si desdoblara un gran mapa en el aire. El placer de contarlas y de escucharlas era evidente. Hasta mi ventana llegaba esa sensación de embrujo placentero, esa especie de humedad envolvente que viajaba con su voz. Una bruma cálida de palabras creciendo en círculos concéntricos. Más de una vez me había dejado seducir por estos contadores que sabían más historias de la gente, y las sabían mejor que muchas bibliotecas y archivos.

Me invadieron entonces, de golpe, las ganas de contar esta historia, hasta donde iba entonces, y con el sentido que me parecía tener: era el relato de una búsqueda, un recorrido extraño que me conducía hacia la mujer con la que me preparaba a entregarme totalmente desde ese día. Muchos de los hechos me parecían todavía confusos pero tenían un orden que permitía tal vez relatarlos. Quería, como el *halaiquí,* invocar a todas las fuerzas sobrehumanas que quisieran venir en mi ayuda para contar algo de lo mucho que no puede ser dicho sin equívocos.

Comencé a poner las piezas de mi rompecabezas en palabras y me di cuenta de que tenía que hacerlo rápido. Tenía que apurarme. Las nueve larguísimas horas de espera eran de pronto demasiado cortas para contar esta historia. Y era seguro que a partir de esa tarde todo de nuevo se acomodaría de otra manera. La vida, y especialmente la vida de las pasiones, es como un caleidoscopio. Alguien mueve los espejos y somos otros en los afectos de todos los que nos rodean. Entonces ya nada puede ser contado de la misma manera.

Serviría de poco ser siempre uno mismo. Vivimos dentro de un juego de cristales que constantemente alguien gira. El sentido de las cosas se transforma a cada instante. Estamos siempre como peces flotando en el humor cambiante de los demás: vivimos en cabezas intranquilas. Dormimos en los sueños de quienes nos odian o nos desean. Y todo cambia noche a noche en los silencios oscuros que nos unen.

Ya entonces, más de una vez había dejado de escribir un poema extenso o una historia porque a medio camino todos los cristales se me habían movido y de pronto yo no era el mismo que los había iniciado. Las historias son como el agua, corren y se escapan de las manos. Pueden tomar todas las formas posibles. Y yo estaba seguro de que sólo tenía nueve horas antes de que el agua de mi historia pudiera volver a escurrirse entre mis dedos. Y sabía que cuando el agua de mis historias se transforma y escapa yo muchas veces me voy con ella, me pierdo.

Comencé a hilvanar con cierta prisa mi relato. Tenía entonces cuadernos de notas desbordados, de los que tomaba, aquí y allá, descripciones, ideas, imágenes, citas, escenas y sueños. Había reunido con gran dificultad una cantidad considerable de datos sobre el calígrafo de Mogador, Aziz Al Gazali, del que había sabido por una mujer de la que hablaré más adelante, Leila. Era autor de muchas letras dibujadas y, entre otros libros, de uno que ella me regaló llamado *Los nombres del aire*. Me había interesado su búsqueda, sus sensaciones, su curiosidad por el mundo de las mujeres. Como complemento al mostrar las huellas de Aziz y las mías, yo estaría explorando un mundo de fantasmas masculinos, siempre temerosos del vacío.

Ya desde aquel momento me invadía la sensación de que sus sueños, que él había escrito y que yo en parte había memorizado, se habían vuelto míos. Como si en el camino de mi

17

propia investigación y búsqueda el espíritu de Aziz se hubiera apoderado de mi cuerpo. Sus frases decían casi todo lo que entonces yo iba sintiendo.

Comencé a escribir aquel día, con cierta desesperación pero con gran placer, es cierto, esta historia antes de que dieran las seis de la tarde.

Y como lo pensé, pero por diferentes razones y de una manera más abrupta y destructiva, lo que sucedió esa tarde me impidió seguir escribiendo. Por mucho tiempo me quedé como mudo, con la imagen de Aziz flotando en mi mente como en agua quieta. Ahora de nuevo, quiero contar esta historia, pero esta vez para hablarte y tocarte con mis palabras, Maimuna, y con las de Aziz que he hecho mías. Cada parte de esta historia es como un azulejo distinto. Los combino para dibujarte la geometría de mis deseos, de mis búsquedas, de mi lucha contra el vacío.

Primer sueño

Soñé que caminábamos a la orilla de un río. La corriente de pronto se volvía tan agitada que no permitía escucharnos uno al otro ni siquiera hablándonos al oído. Teníamos que gritar. Y aun eso no era suficiente. Hasta que de pronto nos dimos cuenta de que el río decía todo por nosotros. Nos hacía hablar al mismo tiempo y gritar que nos queríamos. Nuestras palabras hacían rápidos, arrastraban leños, se estrellaban contra las rocas, sacaban espuma, y se lanzaban desde la altura si era preciso. Nuestras palabras devoraban en las orillas, suavemente y en silencio, a los cocodrilos que parecían dormidos, jalaban las puntas de los sauces llorones, hacían en los recodos inesperados remolinos. Mirábamos pasar los puentes y, en las copas de los árboles, las iguanas calentaban con nuestro rumor su sangre. Soñé que no había nada que no quisiéramos decirnos y que hasta el silencio, con la tenue composición de su vacío, nos hacía hablar, como lo había hecho el río.

Aziz Al Gazali
El sueño del silencio y el río

II. Letras de agua

Como si fuera a hundirse en el agua, Aziz aspira profundamente. Llena los pulmones y retiene el aire. Toma entonces el pincel y dibuja con lentitud una línea larga que durante casi un minuto, sin interrupciones, corre, se ensancha y adelgaza. La mano se detiene de golpe. Aziz suelta ya el aire. Nadó en la página, trazó una letra.

Cada vez que hace esto se siente como un río bajando una montaña, metiéndose con fuerza en el mar y saliendo intacto por la otra orilla. Un río que sabe nadar. Un río que escribe su recorrido.

Vuelve a hacerlo y termina de dibujar cuatro palabras entrelazadas, el comienzo de la frase: *Una mujer que yo había amado…*

Se da cuenta de que, sin quererlo, se metió en su escritura el movimiento del mar que escucha desde su ventana. Ahí están las olas y la espuma convertidas en líneas aparentemente caprichosas.

Afuera, el rugido del agua hace cantar la arena, abraza las rocas y golpea como un tambor las murallas de la ciudad. El rugido se multiplica y al crecer lo toca.

Él había detenido su aliento para no alterar el recorrido de su escritura. Como su oficio lo requiere. Debe planear además en qué momento va a detener el trazo para respirar de nuevo y cargar su pluma con más tinta. Retuvo la respiración mientras la mano avanzaba. Pero no podía controlar que en el aire húmedo viajara hasta su cuerpo el aliento de cada ola: el mar entra sin cesar por su ventana, y en esta ocasión lo perturba. Lo mueve. Su oído es la playa erosionada por un canto de sal.

Está muy lejos de aquel legendario calígrafo de Samarcanda, ejemplo de concentración porque un terremoto casi destruyó su ciudad mientras él dibujaba perfectamente una larga frase sagrada, y nunca se dio cuenta de que había temblado.

Aziz, ahora más que nunca, es sensible incluso al vuelo de las moscas a diez metros de donde escribe. Su atención es frágil. Todo lo perturba.

El mar lo mueve por fuera y por dentro: le deletrea el nombre de una mujer. Y el mismo mar le canta de nuevo, una y otra vez, la canción que compuso para ella:

Las olas
las olas del mar bravío
se estrellan contra las rocas
igual que los besos míos
se estrellan contra tu boca
me tienes loco perdido.

Y es verdad, esa mujer de nombre raspado en la garganta como voz de jaguar, Hawa, lo trastornó desde el instante en que pudo verla de cerca. Primero aprendió a desearla infinitamente y fijó en ella toda su existencia, como quien se convierte a una nueva religión. Buscó hacer de cada gesto de amor, de cada placer grande o pequeño, de cada palabra o recuerdo, una prueba de su adoración por ella: una oración. La convirtió en su diosa.

Al recordarla pierde la calma y tiene que dejar de escribir. Cierra los ojos, se concentra. Le cuesta un trabajo enorme volver a tener control sobre su cuerpo. Pero necesita recobrarlo para seguir dibujando sus letras. Sabe que el dominio de la caligrafía se deslava de las manos que no la practican a diario, como el tinte de *henna* de las manos de las mujeres. Y es la primera vez que vuelve a tomar sus instrumentos de escritura desde que, algunos meses atrás, fue atacado por asesinos a sueldo y estuvo al borde de la muerte.

Aziz era muy cercano al emir Ajmal, que apreciaba enormemente su trabajo. Estaba con él y otros hombres en la sala de los vapores más densos del baño público de Mogador, el *hammam*, cuando veinte sarracenos, contratados por un medio hermano del emir, entraron con las espadas desenvainadas cortando a grandes tajos la humedad del aire con el propósito de encontrar a Ajmal y degollarlo.

De los nueve hombres que fueron atacados, sólo Aziz, por un equívoco sorprendente, logró escapar con vida. La noticia de la matanza corrió por la isla como una lluvia que cae decidida y a toda prisa, entrando en todos los rincones, metiendo en todo rápidamente su sombra.

Entre la indignación y la ira, todos escuchaban y contaban luego esa historia. Y uno de los detalles que todos repetían con asombro era cómo Aziz fue salvado, porque el sarraceno que iba tras él lo reconoció después de darle un primer corte y, en vez de rematarlo degollándolo, le dijo: "no puedo cegar la vida de quien es como yo". La leyenda diría que ese hombre reconoció en Aziz al fundador de la casta de Los Sonámbulos. Pero es probable que las cosas hayan sucedido de otra manera: Aziz no había escrito todavía sobre Los Sonámbulos cuando eso ocurrió.

De cualquier modo, la herida que le había hecho antes podía ya haberle costado la vida y durante mucho tiempo, mientras él estaba inconsciente, todos pensaban que no iba a salir nunca de ese sueño obligado, de esa navegación oscura hacia la muerte.

Recordaba un gran alboroto y el frío de la daga en su vientre. Un hilo de sangre que escurría por la piedra en la que había quedado reclinado. El último sarraceno que huyó corriendo después de limpiar su espada sobre la piel de un hombre obeso. Y el olor a hierro en el vapor del *hammam*.

Recordaba que el hilo de sangre escurriéndose por la piedra se diluía al tocar el agua caliente de la fuente. Al principio era un listón rojo disolviéndose en la superficie transparente. Luego toda el agua estaba turbia y en su vapor subía ese olor intenso a hierro y sal que sólo tiene la sangre.

En su agonía, recordaba haber escuchado en el agua llena de sangre una canción que sólo Hawa cantaba. La imagen de Hawa estuvo con él todo el tiempo. Alrededor de ella, Aziz vio crecer en sus sueños un oasis de calma, de placer y de alegría. "Seguramente —pensó— estoy ya en el Paraíso."

La imagen solar de esa mujer era la creadora en sus sueños de un lugar privilegiado: un jardín de radicales caricias. A ella adjudicó luego el hecho excepcional de haber sanado.

Cuando finalmente salió de su largo sueño, de su extraño viaje a la deriva por los ríos que podían haber desembocado en el mar abismal sin vida, descubrió poco a poco en su cuerpo poderes y debilidades que antes no había sentido. Creyó que era un hombre nuevo. Tenía urgencia de volver a sus papeles y plumas para escribir lo que había vivido en sus sueños de moribundo.

En ellos recuperaba a Hawa, la mujer que hacía poco, en la vida, había perdido, y comenzaba a entender el tipo de persona en la que se había transformado. Para empezar, creía ver y oír más que la mayoría de la gente a su alrededor, o por lo menos diferente. En él surgía un nuevo y devastador apetito de los sentidos.

Durante un tiempo largo formó con su caligrafía mágica, llena de mar y aliento contenido, un peculiar manuscrito erótico que llamó *Tratado de lo invisible en el amor*. Del cual sólo he podido encontrar uno que otro fragmento. Desde el principio tuvo el deseo de dirigirlo a los seres transformados que hacia el final de su escrito llama, por no encontrar un nombre mejor, Los Sonámbulos. Aquellos que, como él, traen un trozo grande de sus más agitados sueños cubriéndoles los párpados.

Antes publicó, en un libro más pequeño aún, de papel que se ofrece al tacto como un placer suplementario, su libro de sueños: nueve capítulos con nueve sueños cada uno. Que son como cartas breves que dirigió a alguna mujer, muy probablemente Hawa, contándole simplemente las escenas que vivió con ella mientras dormía. Lo tituló *Una espiral de sueños*.

En otro libro de pastas rojas, y las páginas atadas con hilo por fuera, a la manera de muchos libros de Oriente Extremo, hay un relato de su llegada a la ciudad de Mogador.

Entra en ella por la puerta de la fascinación, se pierde en sus calles laberinto, y de pronto nos hace darnos cuenta de que está describiendo también su entrada al cuerpo y al corazón de una mujer. De nuevo no sé si es Hawa.

Ambas, ciudad y mujer, entre más parecen poseídas menos lo son. El libro se llama *La inaccesible*.

También hay descripciones de su ciudad, Mogador, en este libro que Aziz llamó *Los nombres del aire*. No hablaba ahí todavía de la casta de Los Sonámbulos. Pero hay en él hombres y mujeres con imaginaciones entretejidas, creando otra realidad en el mundo, la realidad de sus deseos, que son los que movilizan sus acciones, sus cuerpos. Creo que cuando lo escribió no había descubierto todavía su pertenencia a la casta de Los Sonámbulos.

Todo lo que él hizo se divide fácilmente entre lo que escribió antes o después de su agonía. Que es de alguna manera, antes o después de la visión de Hawa.

La extraña conciencia de su linaje, su pertenencia a una línea antigua de hombres emparentados por el hervor de sus sueños, se le reveló también como un sueño. Un sentimiento intenso más que una certeza, una dirección del movimiento del cuerpo más que un certificado familiar. La casta de Los Sonámbulos no es una secta, una raza o una sociedad secreta. Aunque tenga mucho de las tres. También tiene algo de enfermedad genética y de delirio comunitario. Pero es más un misterio compartido por hombres y mujeres en diferentes tiempos y lugares.

Los calígrafos de Mogador, y de toda la tradición islámica, necesitan pertenecer a una *Silsila* de calígrafos, es decir, a una cadena espiritual que se remonta a varias generaciones, no necesariamente emparentadas entre sí, pero sí relacionadas por la sustancia de su vocación de artistas de la escritura. Aziz encontró una *Silsila* de deseos, una cadena de seres tocados por el mismo espíritu deseante y la llamó casta de Los Sonámbulos. Yo me siento parte de ella.

Fue sin duda esto último lo que me llevó a interesarme especialmente en la historia de Aziz. Quiero creer que, por lo menos en parte, su aventura ilumina y me ayuda a entender la mía. Me hundo en sus palabras de agua. Busco en ellas y entreveo el espejo que me mira. Lo observo escribir.

Una fuente, a su lado, fue entonada para alternar con los sonidos del mar. Entre dos voces de agua, el nadador de tinta cruza de nuevo la página blanca:

"Una mujer que yo había amado y que había creído perder para siempre, cruzó con paso decidido las nubes que me ataban a la muerte, las desgarró con sus manos y avanzó hacia mí diciéndome, con sus gestos, que yo le pertenecía, que no me dejaría ir. Era todavía más bella que antes, y ..."

Escribe sobre Hawa, que también quiere decir Eva, y que en vida había sido para Aziz un poco jaguar y un poco agua. Lo atrajo y lo devoró como un felino. Y al mismo tiempo, como el agua, se le escapó entre los dedos. Hawa lo volvió uno de los nudos de palabras que él dibujaba: un arabesco emocional. Aziz se perdía en su propio laberinto pensando en ella, escribiendo sobre ella. La soñaba. Le hablaba cuando estaba solo. Trataba de entender y asimilar lo que por instantes sólo percibía como una herida.

Después de su delirante agonía, gracias de nuevo a la magia anclada en el mar de tinta ondulante de su escritura, logró en gran parte sentir que la recuperaba.

Su *Tratado de lo invisible en el amor* fue la historia de su peregrinación amorosa hacia ella. Ese tratado, en un manuscrito también incompleto que el encargado de una tienda de remedios tradicionales como farmacia, un Attar, dijo haber recibido en la fabulosa biblioteca enterrada del oasis de Tamegroute, tiene dos subtítulos: primero dice *Notas sobre la casta de Los Sonámbulos,* y en una versión posterior, más llena de correcciones, *Los labios del agua.* Aunque sobre esa frase hay también una corrección en la mayúscula inicial y una palabra añadida antes para decir finalmente *En los labios del agua.* Pero luego lo raya y escribe, *La danza del fuego.*

Tal parece que Aziz estaba acariciando la idea de titular sus libros con algunos versos de un poema amoroso muy común en Mogador. Lo cantan en los palacios y en las plazas, muchas veces al lado de las fuentes:

Muerde mis labios
y quédate en ellos
    como
los nombres del aire
en los labios del agua

Tócame con la lengua
y arde cantando
    como
la danza del fuego
en la piel de la tierra

Enciende con mis besos
la flor labial del deseo
    como en
los jardines secretos
la mano del fuego.

Aire y agua, tierra y fuego:
puntos cardinales
del mapa amoroso del deseo.

Donde todo lo orienta y desorienta
su quinta esencia imantada,
a la vez maravilla,
duda y descubrimiento:
el asombro.

Una consecuencia muy concreta del *Tratado de lo invisible en el amor* fue un edificio asombroso, ahora destruido, que sobresalía de las murallas de Mogador por el lado donde se pone el sol. Un palacio del amor donde los cuerpos y las inscripciones se mezclan mostrándonos caminos insospechados para la unión de los amantes.

La historia de ese palacio cuenta que al emir de Mogador, naturalmente Sonámbulo, una de sus amantes le leyó el *Tratado de lo invisible en el amor* todo de golpe, durante una noche muy breve en la que no durmieron. Y que el emir tuvo inmediatamente el deseo de construir un palacio que fuera la imagen concreta en el mundo de esas palabras ondulantes.

Había estado en la India y allá conoció los templos con esculturas eróticas de Kashurajo, en el Reino Chandela, donde la casta gobernante se decía descendiente de la luna. En su religión, hacer el amor era un ritual indispensable.

El emir decidió levantar un equivalente islámico, recubierto de escritura amorosa, en una de las playas de Mogador. El Templo de lo Invisible. Ahí aparece Hawa transformada. Los rostros y los cuerpos de mil mujeres amantes la esconden y tácitamente la muestran como una mujer de mil matices. Para Aziz, según lo escribirá luego, es tan sólo el templo de su amada. Pero el mundo se le convirtió en eso. Una múltiple invocación de Hawa, un millón de motivos para adorarla.

Las ruinas del Templo de lo Invisible han sido tan saqueadas que no nos permiten imaginar cómo eran las partes del libro de Aziz que no llegaron hasta nosotros. Aunque sé que durante la construcción del templo se crearon imágenes que nunca figuraron en los libros. La estructura misma del edificio es una espiral que, cuando entramos en él, incluye nuestros cuerpos como parte de la proliferación de hombres y mujeres participando en el ritual del deseo.

Cuando me pongo a pensar cómo y cuándo me involucré en esta búsqueda de las huellas de Aziz y de sus palabras escritas, dibujadas, me doy cuenta de que formo, tal vez, parte de sus planes. ¿Es posible que un hombre escribiendo hace muchas décadas planeara no sólo las escenas de sus libros sino también prefigurara a sus lectores? ¿A mí entre ellos? ¿Es posible que en la curiosidad de lector insaciable que me invadió desde que tuve contacto con lo escrito por Aziz vaya un germen, un fantasma de lo que el mismo Aziz era? ¿Estoy poseído por su fantasma, por su espíritu? ¿Por qué me invade este afán, inútil tal vez, de recopilar en diferentes partes del mundo todo lo de Aziz? ¿Por qué tengo que buscar sus escritos en las más remotas bibliotecas? ¿Y por qué siento este deseo, también imperioso, de encontrar a Hawa, el ánima de Hawa, entre las mujeres que encuentro cada día? ¿Estoy cumpliendo mi destino o el de alguien más?

Tal vez las respuestas a estas preguntas ya no importan. Si lo que me llena el cuerpo de hambre y sed y de deseo es el espíritu de Aziz, sus necesidades ya son las únicas que tengo.

Reúno en estas páginas todo lo que hasta ahora he logrado escuchar y leer, aquí y allá, sobre Aziz, el calígrafo de Mogador, que escribió con letras de mar su amor por Hawa, su búsqueda y su destino.

Como en el caso de otras historias de la ciudad de Mogador, aprendí en la calle mucho de lo que sé y de lo que escribo. Los cuenteros rituales de la Plaza del Caracol y las mujeres en los hornos públicos relatan ávidamente todo lo que es pensable decir sobre Hawa y Aziz. Sus voces de agua, escritas en la arena, muy fugaces, se mezclan ya con la mía.

Segundo sueño

Ayer soñé que cantabas mientras me dabas un beso. Tu voz entraba en mí por la boca en vez de llegarme por los oídos. Te escuchaba con la lengua y me daba cuenta de que había un leve sabor de mar en tu voz. Cantabas dándome un beso. Tus manos también estaban mojadas. La sal de tus labios despertaba en mí una sed multiplicada. Y esa sed me hacía ir de una de tus bocas a la otra. Y cantabas por todas partes, llenándome con tu voz. Llegó un momento en que tu voz, como un líquido brillante, salía también de mi boca. Se desbordaba cubriéndome. Pero en realidad debería decir cubriéndonos. Cambiaba el color de nuestra piel. Transformaba todo en nosotros, incluso nuestras huellas digitales. Nos preguntábamos quiénes éramos ahora. Y nos respondíamos con cautela, casi cantando en voz baja: somos otros cuerpos dentro de nosotros. Somos dos amantes separados que murieron con sed uno del otro. Sólo ahora, en estos cuerpos de agua hirviente, hemos podido reunir de nuevo un ardor disperso. Estábamos diluidos, oscuros, fríos. Ahora nos concentran una pasión y una sed ajenas. Un sol extraño invocó al nuestro. Así decía tu canción, mientras me dabas un beso y todo comenzaba de nuevo.

Aziz Al Gazali
El sueño de las voces por dentro

III. En el nombre, la huella

Ésta es la historia de un Sonámbulo, contada por otro. Es la aventura de un hombre, o más bien dos, que buscan regresar al Paraíso. Ambos creen que estuvieron ahí. Llevan pruebas en el cuerpo de su paso por ese lugar privilegiado. Son cicatrices amorosas y huellas del deseo.

Los separa tiempo, distancia: todo. Los une su condición de habitantes del sueño.

Digo "ellos son" cuando, con sinceridad y con menos vergüenza, debería decir "somos". Porque yo soy uno de esos Sonámbulos. Hasta hace muy poco me di cuenta. El otro está lejos de mí, pero lo siento cercano cuando veo sus cicatrices en todo lo que escribió y en lo que se puede saber de él ahora, muchos años después de su muerte. Escribo sobre un Sonámbulo distante, Aziz, con enorme curiosidad por su búsqueda. Tengo la impresión de que muchas veces es similar a la mía.

Hay además una mujer en su historia, Hawa, que me es tan conocida como si ambos, con décadas de distancia y un océano de por medio, hubiésemos amado a la misma.

Por eso escribo esto no sólo con curiosidad e identificación, sino también y muchas veces sobre todo con celos. Ya sé que es absurdo y ridículo tener pasiones por los sueños de otros, aunque parezcan ser también los nuestros. Pero los celos son precisamente los más atrevidos navegantes de los ríos turbios y agitados que unen sueños y realidades. Todavía recuerdo con qué emoción y agonía seguí paso a paso sus descripciones de cómo fue seducido por esa mujer. Pero también recuerdo con callada felicidad los testimonios y documentos que describen su propia muerte.

De pronto es mi rival imaginario, pero a ratos me veo en él como en un espejo. Los dos somos morenos, altos, de ojos claros. Casi lo veo mirándome. Casi toco y trato de apaciguar en lo verde agitado de sus ojos un pequeño remolino similar al mío. Estoy atribuyendo al color de sus ojos, en contraste con su piel, la cualidad de ser como un talismán poderoso que puede mirar entre las sombras de los sueños.

Es evidente que un narcisismo elemental me empuja hacia él. Me siento tan unido a la imagen que de él me llega que siento que si lo toco removeré el agua del espejo y al desaparecer se irán con él muchas de las obsesiones que ahora me animan. Una parte de mí tal vez desaparecería. ¿Soy su eco o él es el mío?

Sus defectos me molestan, tal vez porque me recuerdan con énfasis los míos. Pero al mismo tiempo quisiera tener las cualidades que le veo y que a mí me faltan.

Me asombra que nos una también lo que parece más banal, el nombre. Durante años he sentido que este nombre me estorba. Nunca me ha gustado. Anuncia pretensiones ridículas. Es el típico nombre que una madre sobreprotectora (en mi caso una abuela) da a su hijo, asumiendo que el mundo, y hasta él mismo, tendrán por su persona el afecto desmedido que ella le profesa. Nada más alejado de cualquier realidad que un nombre así. Hay en él todo un proyecto de conducta que un niño ni siquiera sospecha cuando oye el grito con el que lo llaman.

Por eso desde niño me he quitado mi segundo nombre, Amado, que me pareció siempre, por lo menos, innecesario. Ahora es uno de mis vínculos misteriosos con ese otro Sonámbulo, Aziz, que quiere decir "el bien amado".

A pesar de todas mis quejas me llamo (aunque debería más bien decir en mi casa me llaman) Juan Amado.

Mi abuela me robó por una hora cuando tenía unas semanas de nacido para llevarme, a espaldas de mis padres, al templo que pensábamos espiritista donde ella era médium. Hicieron un ritual de bautismo y adivinación, del que mi abuela me mostró los documentos sólo cuando cumplí dieciocho años. Y me señaló un pequeñísimo tatuaje en mi muñeca que, visto muy de cerca, muestra cinco líneas, como dedos de una mano. Siempre había pensado que era una marca de nacimiento. Al crecer, su dibujo se ha vuelto más claro y me he descubierto otro en el vientre.

En los papeles que me mostró, cada parte de mi cuerpo tenía una historia y una meta. Inmediatamente los guardó y no volví a verlos. Al morir no aparecieron entre sus cosas. ¿Se los habrá llevado con ella? Recuerdo que en ellos se describían, con un lenguaje llanamente profético, miles de promesas misteriosas que deberían cumplirse, por suerte o por desgracia, en varias vidas.

El nombre de Amado me fue impuesto como una síntesis emblemática de esas promesas. Pero en realidad ha sido un irrisorio y paradójico destino, porque las glorias anunciadas en el ritual se han hecho más búsquedas dolorosas que felices encuentros y en vez de ser un pretencioso pero feliz "amado", me convertí más bien en la figura algo ridícula de "ese que busca desesperadamente ser amado".

He tratado de borrar esta línea nominal de mi destino y ser tan sólo Juan, pero cada vez es más difícil. Cada día me brota con más fuerza la condición de Sonámbulo, como si fuera una herencia genética. Mi abuela me decía que no debería avergonzarme de ese nombre, que era finalmente el mismo de mi abuelo; que nombre y destino corren en la familia. "Yo no te puse el nombre a la fuerza, ya lo traías en los ojos."

Los ojos, y estas ojeras cenizas, son rasgos que tanto en mí como en mi abuelo la gente identifica como marcas de origen árabe. Supuestamente Aziz también las tenía. Y tal vez, sin saberlo, nos llegan por la misma línea; y así en nosotros se comunica el desierto de Mogador, en el norte de África, con el desierto de Sonora, en el norte de México.

El abuelo de mi abuelo, llamado Jamal Al Gosaibi, llegó a Sonora del norte de África y, como muchos inmigrantes, cambió su apellido por el de González, buscando simplificarse las cosas en su nuevo país. Un paisano de él que había llegado también a Sonora se llamaba Abdul Karim Al Rushud y había optado por el más sencillo de Antonio Obregón.

Una cultura de la arena en mi familia prolifera, como si el viento del tiempo grano a grano hubiera movido una duna del pasado hasta el presente, y luego, conmigo en medio, se la llevara de vuelta al Sahara sin tiempo.

En la familia siempre hemos sabido que pertenecemos a una tradición de minorías en la que lo arábigoandaluz llega a México muy escondido en nuestros ancestros, negando públicamente su nombre, seguramente perseguido, pero siempre hirviendo en la sangre de los hombres que vinieron de Andalucía y más al sur. ¿Es tal vez Andalucía, y hasta Mogador, tierra de Sonámbulos, de buscadores insaciables de ser amados?

Pensaba que la historia y las huellas caligráficas de Aziz me podrían ayudar a mirar y entender algo de lo que somos Los Sonámbulos. Nuestra naturaleza extraviada tiene una historia que está todavía por hacerse. Es cada vez más grande esta involuntaria sociedad secreta de hijos de la noche, de huérfanos del sol. Vampiros sin colmillos, la luna nos regala de cualquier modo su luz metálica sobre aquellos que deseamos.

Ahora comienzo a descifrar a mi propio abuelo Amado como un miembro muy primitivo de la casta de Los Sonámbulos. Cuando pienso que tuvo setenta y cinco hijos reconocidos, y que murió de noventa y seis años dejando una niña de diez años de edad, idéntica a él, con una de sus últimas mujeres, no con la última, creo que él también buscaba con desesperación extrema ser amado. En su propio tiempo y estilo, con su propio género de excesos, era como muchos de nosotros un habitante torpe de sus deseos y sus sueños, un Sonámbulo.

Y cuando pienso en todos los sufrimientos que prodigó a su alrededor, tiendo a creer que su búsqueda fue siempre más dolorosa que placentera, más egoísta que de verdad amante. Pero ya mi padre me previno, desde que yo era adolescente, sobre la estupidez de juzgar a mi abuelo desde mi estrecha perspectiva. "Físicamente son muy parecidos, pero para ti es muy difícil entender lo que él siente, piensa y quiere —me aseguraba mi padre—, tendrías que haber sentido en carne propia todo lo que él vivió, a principios de siglo, en el desierto de Sonora: tuvo formación de piedra y carácter de cactus."

Yo tenía dieciséis años cuando apareció de nuevo en la familia. Era la segunda mitad de los años sesenta y nunca antes lo había visto. Se había ido, obedeciendo ciegamente a sus deseos amorosos, muchas décadas antes. Mi padre era muy joven, casi adolescente, y él y sus hermanos tuvieron que asumir la economía de su casa. Mi abuela se instaló más que nunca en el espiritismo y fue, probablemente, más feliz que cuando mi abuelo estaba con ella. Muchos años después, la abuela viviría con nosotros y me consta que nunca mostró algún signo de rencor hacia él.

El abuelo Amado regresó a la ciudad de México y vivió en otra casa. Pero venía de vez en cuando a comer con nosotros. A ella siempre le daba gusto verlo de nuevo. Me impresionaba que no hubiera en sus conversaciones una gota de nostalgia por los años que compartieron. Pero hablaban durante horas de los mensajes cifrados de los muertos. Se contaban sus visiones y hacían los árboles genealógicos de aparecidos y desaparecidos. Ella le decía dónde habían dejado oro y dinero enterrado sus "hermanos los espíritus", y él se lanzaba con pico y pala, y algunos de sus muchos hijos, a hacer agujeros al lado de las carreteras, en bosques cercanos y casas de la familia.

Cuando el abuelo llegó yo tenía el pelo largo y opiniones opuestas en todo a las de él. Como reaccionaba con innecesaria agresividad hacia mí, mis ideas y mis actitudes, yo decía que era un "fascista y un machista". Mi padre, que no tenía de él la mejor de las opiniones, ni mantenía con él la mejor de las relaciones, trataba de obligarme a ser menos esquemático en mis juicios. Más humanamente deseoso de comprender a los que piensan y sienten diferente de uno. Y me contó, entre otras historias, que cuando el abuelo Amado tenía mi edad estaba obligado con frecuencia a defender, rifle en mano, a su familia de los ataques de bandas de asaltantes que asediaban los ranchos del norte de México.

También atacaban de vez en cuando las tribus nómadas de la región, especialmente apaches muy alejados de su territorio, y por temporadas los yaquis. Que en uno de esos ataques, una de las hermanas de mi abuelo, de la edad de la mía que tenía entonces un año, quedó clavada en su sillita de bebé con una flecha en el pecho. En otro, su madre fue secuestrada por yaquis y nunca se volvió a saber de ella. El padre del abuelo Amado se casó después con la hermana menor de la secuestrada y tuvo, sólo con ella, veintitrés hijos más. "Si no te gustan sus actitudes —me advertía mi padre—, trata de entender por lo menos cómo se hicieron, para que no las repitas. Se parecen muchísimo ustedes dos."

Muchos años después, sin compartir nunca sus opiniones, compartí con él largas horas en las que trataba de que me contara episodios de su vida. Yo sabía que él también había sido secuestrado por los yaquis de niño y había logrado regresar dos años después, intercambiado por mercancías. Que respetaba y admiraba a los yaquis más que nadie.

Dentro y fuera del país estuvo en varias guerras, dio la vuelta al mundo en barco, hizo y dilapidó tres veces su fortuna en los ranchos agrícolas de Sonora. La tercera vez lo hizo a los sesenta años, y fue definitiva. Conoció a mucha gente interesante, fue muy activo en la diplomacia y la política mexicana de los años treinta. Mucho de lo que vivió era ya parte de la historia. Pero todo eso no parecía ser importante para él. Casi lo único que le interesaba era hablar de las mujeres muy hermosas que alguna vez le robaron el corazón. Incluida mi abuela.

Cada vez que mencionaba un nombre se quedaba callado un rato, miraba al vacío y sonreía con beatitud. No hubo una de la que hubiera hecho un comentario despectivo. Cada una tenía una belleza distintiva que comenzaba por el espíritu y terminaba en el cuerpo. A él le gustaba comprobar cómo, con los años, lo que las personas hacen y viven se convierte en rasgos de la cara.

"A muchas mujeres especialmente les salen las cosas buenas, los hombres estamos más maltratados del alma, por eso somos tan feos", decía.

"No es que no nos guste la edad, lo que pasa es que no es fácil aceptar que eso que tarde o temprano nos brota en la cara es lo que llevábamos dentro, lo que en el fondo somos. Y no, no siempre es fácil."

Una de las cualidades que más admiraba, y según él podía leer en el rostro de una mujer, era la constancia. Y luego añadía como justificándose con cínica y brutal inocencia: "yo nunca he dejado de querer a ninguna".

Varias de las mujeres que amó murieron antes que él. Pero estaba seguro de que sus mujeres muertas encarnaban siempre en las vivas. Decía que incluso muchas de las vivas tenían una parte de ellas que se moría cuando dejaban de tener deseos por un hombre o una mujer, y que su espíritu deseante encarnaba siempre en otra. "Yo sé cuándo una mujer que me ha amado entra en el cuerpo de otra que no conozco. Se siente, casi se huele. Y luego lo compruebo cuando estoy dentro de ella. Porque no hay dos que en el amor sean iguales. Algunas hasta me han dicho mi nombre sin que yo nunca se los haya mencionado", me decía el abuelo como renovando cada vez su asombro.

Es lógico que habiendo vivido primero en el desierto, y luego en el mar, el abuelo Amado diera al agua una especie de carácter mágico. "Apenas toca el campo reseco y éste se despierta. El agua es capaz de resucitar a los muertos." Decía que si uno va en barco "cuando el viento y el mar hacen el amor, lo cambian a uno. Ya nunca vuelves a ser el mismo. Siempre que me enamoro de una mujer y ella huele a mar, me acuerdo con miedo de alguna tormenta".

Por añadidura creía en los poderes sobrehumanos de la saliva, el sudor y todas las emanaciones del cuerpo. "Nada tan sano como sudar. Cura todo."

Antes de emprender la reparación de un motor, practicaba la antigua y poco ortodoxa costumbre árabe de lavarse las manos con orines "para tener mayor destreza y no romper nada", tal como lo recomiendan los recetarios de medicinas y remedios de los *harems* de Marruecos.

Decía que él tenía una relación especial con todos los líquidos de las mujeres. "El agua de las mujeres habla con más soltura que su boca. A ella hay que preguntarle. Si no quiere, ni responde. Y más vale ni siquiera insistir. Pero si quiere lo grita sin pena, con voz de agua, con voz de charco. Nunca miente.

Una mujer feliz es toda agua. Cierras los ojos y estás en el agua. Y uno tiene que aprender a respirar dentro del agua."

Cuando pasaba cerca de una fuente se detenía a escuchar en qué tonos cantaba. "Ya no les cuidan la voz como antes. Ya están como con las campanas de las iglesias. Ya no les importa cómo suenan." Y yo estaba seguro de que esa atención al canto de las fuentes y las campanas le venía de su abuelo Jamal. "Cuando pasaba una mujer bonita las campanas del corazón se le volvían agua de tanto tocar fuerte y bonito", decía de su propio abuelo.

Y las campanas del sexo le tocaban a él con arrebato a cada momento. Bastaba que pasara una mujer guapa para que se irguiera y tratara de llamar la atención. Nunca conoció la supuesta edad del sexo tranquilo, indiferente. Ya bien entrado en sus noventa, ante las amigas de mis primas, sesenta y tantos años más jóvenes que él, se transformaba, escondía el bastón y comenzaba a cortejarlas, a decirles piropos en la lengua de los yaquis.

Abuelo, ¿por qué les hablas en yaqui?, le dije muy intrigado cuando ya ellas se habían ido, encantadas con los cortejos del viejo, más ágiles entonces que sus pasos. "Porque la lengua yaqui es como agua suavecita. Cuando tocas a las mujeres con esas palabras de agua sienten rico, quieren más. ¿Por qué crees que los yaquis tienen tanto éxito con las mujeres, y ellas nunca los abandonan? Por el agua. El que toma agua en un pueblo yaqui nunca se va. De verdad es buena. Allá no hay amor sin agua. Cuando de niño me quise ir del pueblo, traté tres veces y no pude. Viendo que me iba poniendo cada día más triste, el chamán me dijo que me aguantara la sed lo más que pudiera. Sólo así pude regresar. Como un mes después de que ya habían negociado con mi papá para dejarme ir."

Un día le pregunté si su nombre le gustaba. Me dijo que nunca se había puesto a pensar en eso. Que no era importante. "Uno es como es. Lo difícil es cuando a ninguna mujer le gusta. Pero hasta ahorita no me han protestado. Y uno se acostumbra a todo. Tuve un amigo al que le decíamos el Perro. Yo me hubiera enojado pero él ya estaba hecho a la idea de que la gente le dijera así. Claro que a mí tampoco me decían por mi nombre, más bien me llamaban el Gallo. Mi abuelo Jamal decía haber tenido un amigo Amado, y en recuerdo de él me pusieron este nombre."

Cuatro años antes de morir tuvo una crisis digestiva en la que fue a dar al hospital y ya ahí, por un diagnóstico médico equivocado, se puso muy grave. En un mes padeció tratamientos tan dolorosos como dieciséis diálisis y otras barbaridades. Tenía noventa y dos años y decidió que ya era hora de morirse. Un lunes llamó a todos los parientes que estaban en los pasillos del hospital y les dijo: "Miren. Yo ya acabé de estar. Así que ya no me estén chingando con que me alivie. Ya acabé de estar".

Durante casi tres semanas no probó bocado y se desconectaba las sondas de suero que los médicos le imponían amarrándolo. Cuando llegaban todos a visitarlo se negaba a abrir los ojos o a responder. Ante la gravedad de su actitud llegaron de todas partes del país y de algunos otros países hombres maduros de rasgos tremendamente parecidos que se presentaban mutuamente con el mismo nombre: Amado González, para servirle. Mucho gusto, Amado González. Yo soy Amado González, a sus órdenes. La escena parecía salida de un sueño y era digna de una vieja película surrealista. Durante un par de días vimos a decenas de dobles presentándose unos a otros en el pasillo de un hospital con un nombre que más bien parecía el de un club muy popular porque no servía para diferenciar a ninguno. Casi todos se estaban conociendo y lo más extraño es que hasta en la forma de vestir se parecían.

A más de veinte de sus hijos, una buena camada de primogénitos, les puso el mismo nombre. Pero ninguno logró convencerlo en ese momento de que valía la pena vivir y de que comiera para restablecerse. Muy en el fondo, sin necesidad de decirlo, todos estaban de acuerdo con él y en una situación similar hubieran hecho lo mismo.

Ante los ruegos desesperados de mi madre y de varias tías, uno de los Amado González, hermano mayor de mi padre, se decidió a intentar algo radical. Se presentó frente al abuelo y le dijo, "Pá, así que ya acabaste de estar, ja, ja, ja. Todavía te

41

falta ver esto". Levantó las cobijas por los pies de la cama y, con toda su fuerza, le mordió el dedo gordo del pie izquierdo. El abuelo abrió los ojos, que inmediatamente se le pusieron rojos de rabia, y comenzó a recitarle a gritos todos los insultos que le venían a la boca. Era como la letanía en árabe de un dios rabioso a punto de destruir el mundo. Mi tío entonces le mordió el dedo gordo del otro pie. El abuelo trató de darle una patada y, sobreponiéndose a su debilidad resignada de antes, se levantó de la cama para perseguirlo y golpearlo; para "romperle el alma" como estaba prometiendo hacerlo.

El tío salió al pasillo donde estábamos todos. Cosa que tenía sin cuidado al abuelo. Pero el tío también había arreglado que se apareciera por ahí la más guapa de las enfermeras del hospital. El abuelo la percibió al final del pasillo y se olvidó instantáneamente de su enojo. Como Sonámbulo se fue tras de ella. Era de verdad muy hermosa y tenía tal gracia en todos sus movimientos que era capaz de transformar a cualquiera en un suspirante lastimoso. El abuelo le protestó sonriendo: "Con tantos días que llevo en este hospital, ¿cómo es posible que nunca hubiera venido a verme?". Ella le explicó que trabajaba en otro piso pero ya había oído de su caso: era el señor necio del segundo piso, el primer suicidio por terquedad que iban a tener en el hospital. El abuelo le prometió, con más coquetería que chantaje, que haría todo para aliviarse si ella le llevaba a diario sus alimentos. Y así fue.

Claro que a la hora de las comidas el abuelo se veía cada vez más rodeado de sus hijos primogénitos que siempre se comían a esta mujer con los ojos. Pero ella los dominaba a todos con una pequeña variación en su amabilidad, con un gesto o una sonrisa. Hacía toda una obra de teatro con sus manos y su cabello, con su mirada y las posiciones de sus piernas. Se ofrecía y se negaba. Parecía que se entregaba y daba tres pasos atrás. Los traía locos. Y a mí también. "Cómo somos frágiles los Amados, pensaba para mí. Cuerpos de toro con corazón quebradizo."

Varios años después, al borde de su verdadera agonía, el abuelo nos llamó a cada uno de los hijos y de los nietos por separado. Quería despedirse. Él, que no era muy dado a los consejos, sintió la necesidad de decirme, "Ya me di cuenta de que a ti también se te calientan mucho las ollas con muy poco fuego. Traes dentro mucha agua de la que hierve fácil. Nada más no hagas tantas estupideces como yo hice. Cualquiera te cuenta cuáles. Ve y pregunta porque ahorita ni tiempo me daría de decírtelas todas. Primero me muero".

Mientras me hablaba yo iba saboreando la sensación dulce y amarga a la vez de saberse tan diferente a alguien en valores y principios y, al mismo tiempo, tener la certeza de que nos une, más allá del parentesco y la fuerte similitud en la apariencia física, un río de sueños, una vieja corriente de anhelos que nos navega por dentro. El mismo magnetismo sonámbulo que más tarde encontraría en Aziz, el calígrafo de Mogador que ahora me hace compartir sus sueños.

Como Aziz, el abuelo Amado tuvo una agonía poblada de amorosas visitantes. Poco antes de morir tenía largas conversaciones con vivos y muertos imaginarios. Hablaba especialmente con mujeres cuya presencia, invisible para mí, convertía la voz ronca y golpeada del abuelo en un dulce cortejo.

Toda su vida estuvo poblada por inmensas corrientes de sus sueños. Dormido o despierto escuchaba voces, siempre muchas voces de mujer. Tal vez nunca despertó.

Como aquellos exploradores de otros siglos que buscaban ansiosamente, a través de territorios que nunca imaginaron que existieran, el punto donde se origina el Nilo, comencé a remontar con emoción la larga corriente que me une con Aziz, pasando por mi abuelo. Traté de conocer la fuente de mis ríos, pero encuentro huellas sobre el agua, huellas en mí dormidas. Las huellas de todos mis Sonámbulos tejidas entre mis pasos. Como si mi nombre estuviera escrito misteriosamente en los huecos de la caligrafía de Aziz Al Gazali.

TERCER SUEÑO

Ayer soñé que venías hacia mí con la mano extendida y una sonrisa afilada revelando todas tus intenciones. Te veía acercarte, cruzar las sombras, y me iba sintiendo cada vez mas atraído por el imán de tus ojos. Pero de pronto, un rayo de luz tocaba tu cara y me di cuenta de que los tenías cerrados. Me veías desde tu sueño. Me despertabas pero estabas dormida. Caminabas hacia mí como si miraras por las manos, por todos los poros de la piel. Y te seguías acercando. Me despertabas para que entrara en el sueño más profundo que tenías, el sueño de tu cuerpo. Que era como una noche nueva dentro de la noche. Tu oscuridad me devoraba. Eramos dos Sonámbulos amándose en tu sueño y en el mío.

Aziz Al Gazali
El sueño de dos noches

IV. Posesión primera: iniciación al vacío

Un día, mientras desayunábamos huevos con carne de machaca y tortillas de harina, mi abuela se me quedó viendo a los ojos y me dijo: "Hoy los traes muy revueltos. Como llenos de pájaros dando vueltas. Como el agua cuando se está yendo por un agujero. Así se le ponían a tu abuelo cuando comenzaba una de sus correrías. Decía que oía y sentía cosas que los demás ni veíamos. Y se ponía como hipnotizado, como caminando dormido hacia las mujeres".

Y ese mismo día comencé a darme cuenta de que en cualquier lugar, a cualquier hora, Los Sonámbulos se reconocen. Basta intercambiar una mirada con ojos revueltos. Y a veces ni siquiera eso. Los gestos hablan. Los movimientos del cuerpo los delatan. La disponibilidad y sobre todo el apetito sensual que da órdenes y energía a sus brazos y a sus piernas pueden ser secretos para todos pero no para otro Sonámbulo.

Y hay quienes pueden saberlo incluso sin mirar. Ese mismo día entré a un teatro. Era un poco tarde y casi todo el público estaba ya en sus asientos. Conforme avancé para llegar al mío, iba percibiendo en cada hilera, con mayor o menor intensidad, la presencia imantada de otros Sonámbulos. En la sexta fila había una persona que me resultaba especialmente perturbadora. Ya sentado en mi lugar, tres filas adelante, no pude evitar volver la cabeza lentamente para quedarme de golpe hipnotizado por esa mujer que llevaba algunos minutos mirándome. Al percibir de golpe mi propia insistencia cerró los ojos y respiró profundamente. Ella también estaba perturbada.

Permaneció con los ojos cerrados casi un minuto. Sentí que la había mirado con enorme torpeza. Ni siquiera Los Sonámbulos, pensé, tienen derecho a imponerse con violencia.

Además, ella estaba acompañada. No sabía cómo disculparme, cómo decirle que nunca fue mi intención molestarla.

Al abrir los ojos confirmó que yo la seguía viendo y giró suavemente la cara hacia el hombre que estaba a su derecha. Con la mano izquierda, extendida, le acarició la mejilla y lo acercó para darle un beso. En la mano lucía, claramente, un anillo de matrimonio. Era igual al de él. Y mientras más parecía concentrarse en ese beso, abrió de pronto los ojos y de nuevo los fijó en mí. Estaba tratando de decirme algo. No sólo que estaba ahí con su esposo, sino algo más que yo no alcanzaba a entender.

Hizo entonces con los ojos eso que yo no podría haber imaginado. De pronto tuve la sensación de que su mirada comenzaba poco a poco a expresarse con una insospechada claridad. Y sus ojos deletreaban su deseo por mí, mientras besaba a otro. Ya había sentido en las calles del sur de España la mirada hablantina y deseante de las mujeres andaluzas, más expresivas con los ojos mientras más prohibido fuera cualquier otro contacto.

Y lo mismo, pero multiplicado por mil, había sentido en Marruecos con la mirada poderosa de las mujeres veladas, que todo, incluso muy explícitas obscenidades, pueden decir claramente con los ojos. En las calles de Marruecos las mujeres manosean a los hombres con los ojos.

Pero nunca me imaginé que eso fuera a sucederme con una mujer que tuviera en vez de velo a un esposo tapándole la boca. Me dio risa lo ridículo de la escena. Pero fue más intenso el nerviosismo que se apoderó de mí. Los Sonámbulos son por definición ridículos. Y no les basta darse cuenta de ello para detenerse. Siempre sucumben a la fuerza de los deseos sin importarles ofrecer el espectáculo de su fragilidad. Ella me miró de tal manera que me cortó la risa.

Su boca y su lengua parecían unidas a su mirada y morder y moverse junto con sus pupilas, fijas en las mías: estaba besándome con los ojos, apasionadamente, y haciéndome sentir que sus labios me mordían. Después de un momento hasta un poco de sangre llegué a sentir en la boca imaginariamente mordida.

Al marido le daba vergüenza ser besado así, en público, con clara pasión, y trataba vanamente de alejarla. Era evidente que ella siempre imponía sus deseos. Sus decisiones parecían inquebrantables, como la mirada que tenía fija en mí mientras besaba a su marido y me ordenaba seguir mirándola. Me di cuenta también de que él, definitivamente, no pertenecía a la casta de Los Sonámbulos.

La perdí de vista poco a poco cuando apagaron las luces del teatro y comenzó la función. Me dolían los ojos y más me dolía la boca.

No pude concentrarme en una sola frase proveniente del escenario. Hasta ahora no he podido saber de qué se trató la obra. Lo único que absorbía mi atención era esa mujer a mis espaldas diciéndome con sus gestos que estábamos hechos de la misma tela, anudados por la misma cuerda, cocidos al mismo fuego, en la misma salsa. Se apoderó de mí una sed extraña. Me moría por tocar su piel con mis labios.

Llegar al intermedio se convirtió en una obsesión y al instante imaginé mil situaciones para acercarme, mil conversaciones, mil preguntas. Quería saberlo todo sobre ella. Cada minuto sin verla, sin hablarle por primera vez, se me hacía insoportable. Seguía imaginando compulsivamente palabras y movimientos para adecuarme a cada uno de los suyos cuando, de pronto, como quien apaga la luz o cierra una puerta, dejé de sentir su fuerza vibrante a mis espaldas.

Había hecho, poco antes del intermedio, el único movimiento que no esperaba. Se había ido.

Los Sonámbulos siempre tienen a alguien en su mente obsesiva; siempre están buscando a una persona en especial. Y con mucha frecuencia creen verla en todas partes. La mujer del teatro no tenía para mí un nombre. Pero tenía un cuerpo que ya estaba dibujado en mis ojos como una aparición permanente.

En cuanto me di cuenta de que se había ido salí corriendo del teatro. Con suerte estaba todavía cerca. Luego fui a los bares y restaurantes a los que normalmente va la gente después de la función. En cada lugar había alguien que de lejos parecía ser ella. El deseo, ese hervor del Sonámbulo, me estaba obligando a ver fantasmas. Ella, en todas partes, aparecida. Ella en mil cuerpos y en ninguno.

Los meses siguientes viví con su presencia. Hasta su voz, que nunca había oído, se me aparecía en otras bocas llamándome, pronunciando mi nombre, jugando y riendo. La piel de su cuello me obsesionaba, lo mismo que sus ojos grandes y negros. La mano oscura y delgada manifestando su deseo me tocaba en cuanto cerraba los ojos. Todo el tiempo sentía la fuerza de sus dedos llevando mi cara hacia la suya.

Fui al teatro mil veces, a todas horas. Fui a todos los teatros de la ciudad. Traté de imaginarme qué otros espectáculos podría ella preferir. En qué tiendas compraría. Si tuviera hijos a qué escuela asistirían. Si venía de otra ciudad u otro país, qué paisaje anhelarían sus ojos. ¿De qué estación de tren o de qué aeropuerto saldría hacia su ciudad cuando fuera de vacaciones? Durante mucho tiempo estuve buscándola así, como Sonámbulo, con los sentidos abiertos a las emanaciones misteriosas de los cuerpos. La confundí, cientos de veces, con mujeres que ya viendo bien no se le parecían en nada. Me dormía y despertaba pensando en su mirada. Más de una vez sentí que me observaba desde el fondo oscuro de mis obsesiones. El hueco de su huella creció y creció ocupando a la fuerza, dolorosamente, un espacio que parecía no tener razón de existir. Nunca volví a verla. Duele recordar de qué maneras extrañas Los Sonámbulos se llenan de profundas ausencias.

Cuarto sueño

Soñé que me besabas y que con besos me obligabas a cerrar los ojos. Con tus manos apartabas las mías de tu espalda, de tu nuca. Ahora sólo tú podías acariciarme. Subías por mi cuerpo como una marea, como un brazo de mar, como un río, y tu agua estaba caliente. Tus besos caían en catarata por mi cuello. Tus manos rozaban mi cara como parvada de gaviotas hundiendo el pico en el agua, buscando alimento. Olías a mar y tu oleaje me arrullaba. Hacía con las manos caracoles que ponías en mis oídos para convencerme de que eras mar, no río. Y con tu lengua pescabas los secretos de la mía. "Sólo un cuerpo dócil y quieto puede aprender a ser agua", me amenazabas al oído, "sólo así nos navegamos: agua sobre agua". Entusiasmado abrí los ojos y ya no estabas. Los cerré y de nuevo aparecías. Cada vez que trataba de mirarte o de tocarte no estabas ya conmigo y el sudor que cubría mi cuerpo comenzaba a enfriarse. Pero volvías a navegarme en cuanto yo regresaba a la docilidad en que me habías moldeado.

Aziz Al Gazali
El sueño de un mar quieto

V. La experiencia de la luz

En muy poco tiempo viví tantas sensaciones posesivas que cuando más tarde cayó en mis oídos el nombre de la casta de Los Sonámbulos y tuve noticias de su existencia, sentí que ya tenía en mí lo necesario para escribir un largo libro de notas sobre esta casta.

Los Sonámbulos no distinguen entre la realidad y el deseo. Su realidad más amplia, más tangible, más corporal es el deseo. Me muevo porque deseo. La vida en sociedad es un espeso tejido de deseos. El hogar una casa de deseos. La alcoba un jardín de deseos. Mi jardín es la trenza de mis deseos con los de la naturaleza. La realidad es también, y sobre todo, aquello que deseo.

Pero el Sonámbulo no se confunde completamente y sabe muy bien que desear no es igual a ya haber alcanzado lo que se desea. Sabe que el deseo es siempre una búsqueda.

También sabe que al buscar no siempre encontrará exactamente lo mismo que anhelaba. Más de una vez la vida del Sonámbulo le da peras en vez de manzanas. Pero el Sonámbulo descubre con gran placer que ahora le gustan más las peras.

Porque, si hay algo que Los Sonámbulos viven mezclando y confundiendo es a las cosas y a las personas: vinculándolas unas a otras por medio de una extraña cadena de detalles secretos que el deseo más íntimo resalta y elabora. El alma del Sonámbulo es como una casa poseída por fantasmas que entran y salen dejando en su lugar a un fantasma muy parecido.

Un día, la mujer del teatro se me apareció transformada en otro cuerpo, otra persona. Ésta sí me dio su nombre y mucho más. Se llama Maimuna y es tan parecida a la mujer del teatro que seguramente al desear a la primera abrí un espacio para que reinara ampliamente en mí la segunda. Tal vez por ese parecido, la enorme atracción que normalmente hubiera tenido por ella se multiplicaba y no dejaba nunca de crecer. Incluso, dentro de mí, llegué a llamar a esa mujer sin nombre "la otra Maimuna". Porque en el Sonámbulo los fantasmas que se escapan en realidad (es decir, en la realidad del deseo) nunca se van del todo.

De manera completamente irracional tenía la certeza de que el olor de su piel era el mismo. Y con frecuencia tomaba rasgos de Maimuna para seguir dando vida en mi recuerdo a la primera: me imaginaba que, como Maimuna, ambas habían nacido en Guinea, que a una le gustaban las telas que prefería la otra, que las dos llevaban a diario el mismo peinado imaginativo que hacía más atractiva y perturbadora su cabellera africana. Llegué a sentir incluso que los regalos que yo le hacía a Maimuna de alguna manera llegaban hasta las manos de aquella que, sin quererlo ni saberlo, había despertado mi obsesión por otra.

La interminable carrera de relevos amorosa que viven Los Sonámbulos, en la imaginación o en los hechos, se convierte siempre en un círculo de fuego, más caliente a cada vuelta. Así, cerrando otro círculo imaginario, estoy seguro de que si llegara a encontrarme de nuevo con la mujer del teatro, ella sería esta vez la que recibiría en mi obsesión el condimento de amor y deseo acrecentado que Maimuna ya sembró en mí. Porque el deseo es una flecha que avanza en círculos concéntricos. Toca nuestro blanco y nos toca a nosotros luego, nos transforma. Es una espiral, un remolino que arrastra a Los Sonámbulos y los convierte en planetas de carne y hueso, en materia atraída por la fuerza de gravedad de un centro que crece y se acelera con el deseo.

Uno de mis centros ha sido sin duda Maimuna. Aun a lo lejos sus poderes me hacen girar con fuerza alrededor de ella, siempre hacia ella. Ya no hay sonrisa, piel, mirada, caricia que no compare con las suyas. Es mi eje, mi referencia mayor, el único alfabeto con el que saben leer y hablar mis sentidos. Nada pudo ser igual después de conocerla. Y todos los días me viene a la memoria el primer día.

Tal vez al evocarla tan seguido ya la reinvento. Tal vez al contrario, la adivino. Con la memoria la toco. Al decir en secreto su nombre la beso.

La conocí en una ciudad de noches y días calientes, avenidas cuajadas de flores color de fuego y nombre de amplias resonancias árabes, Guadalupe: Río de Lobos. Fue hace algunos años, durante la Feria del Libro de esa ciudad que aquella vez estuvo dedicada a los países africanos. Como escritora y editora estaba invitada a varias mesas redondas y presentaciones de libros. Pero no la conocí dando una conferencia, como podría haber sucedido, sino en un salón de baile.

El evento más importante, para mí, en esa reunión anual de muchos amantes y algunos profesionales de los libros sucede lejos de las páginas impresas, donde los cuerpos escriben otras historias siguiendo el dictado de la música.

El primer lunes de Feria, ya es una costumbre, poco antes de la medianoche, en un lugar llamado Salón Veracruz comienza a extenderse el dominio del son con dos orquestas caribeñas y una cantidad de parejas que están ahí casi a diario. Algunas exhiben muy naturalmente enormes acrobacias o, al contrario, giros tenues, casi detenidos. Que son igualmente asombrosos. Mientras se baila, cada instante en el aire, ya sea que forme parte de un movimiento rápido o de uno lentísimo, es un instante único y es eterno. Como en el amor, bailando nada es tan sólo lo que parece. Todo dura más, no en el tiempo lineal sino hacia adentro.

Es natural que la música trastorne a Los Sonámbulos. Ellos mismos son notas de una composición nocturna, llena de silencios y saltos líricos, sostenidos. También es natural que una gran mayoría de ellos tenga por el trópico y sus sonidos una debilidad ritmada.

De los pies a la cintura se dispara, sin sacudir el tórax, una fiebre cíclica que paso a paso se apodera de la cabeza. Los Sonámbulos obedecen sin reparos a la música y bailando se ponen ebrios de sus propios anhelos corporales. Entre tambores y trompetas son capaces de oír claramente su "abeja de la carne". El enjambre les sacude la columna, la hace flauta primero y luego cascabel. Bailan, ya se sabe, como Sonámbulos.

Para identificar a mis Sonámbulos: a los que bailan por vocación más que por aprendizaje, aprovecho una de las pocas ventajas de mi miopía. Sin lentes los contornos se me desdibujan pero puedo percibir mejor, con un poco de música, la llama en movimiento que cada persona lleva dentro.

Cuando apenas todo comienza, casi mientras afina la orquesta, entre tambores indecisos y trompetas tímidas, antes de que nadie se levante a bailar, me quito los anteojos y trato de percibir entre las sombras borrosas del inmenso salón los movimientos involuntarios de aquellos que, bajo el poder de las primeras notas, ya se están balanceando en su silla. Entre esas personas trato de elegir a mi pareja de baile. No me va a importar si es alta o pequeña, si es gordísima, escultural o demasiado delgada, si es muy bonita o muy fea. Lo que me importa es que sepa rendir su cuerpo a la evidencia de la música. Y que desee llevarme con ella al espacio imaginario (como de otro planeta) que construyen las parejas que se entienden bailando.

Percibí a Maimuna moviendo a lo lejos cabeza y hombros muy lentamente mientras hablaba con otras personas en su mesa. En su suavidad había algo más: una especie de dolor y placer simultáneos que mostraban lo hondo de sus movimientos. Su cuerpo le pertenecía como un instrumento musical y eso era visible en unos cuantos balanceos. Su cuerpo era una voz. Supe inmediatamente que pertenecía a la casta de Los Sonámbulos.

Cuando me acerqué a la mesa, ya con los lentes puestos, y pude casi tocar su belleza, me convertí inmediatamente en su esclavo. Me había encaminado hacia ella con mucha decisión y ya enfrente me quedé paralizado. Era muy parecida a la mujer del teatro y por un instante pensé que era ella. Cuando todos en su mesa voltearon a verme con cierto asombro reaccioné despertando de mi torpe hipnosis y la invité a bailar. Me tomó la mano para que camináramos hasta la pista sin perdernos entre la multitud. Al sostenerla en la mía tuve la sensación de tocar por fin a la mujer del teatro. La fiesta me parecía doble, triple, fuera de proporción.

Ella percibió mi desmesura y me preguntó por qué estaba tan contento. En vez de responder con una evasiva o simplemente haberme callado, le confesé torpemente que se parecía a alguien que yo había estado extrañando y buscando con cierta desesperación. Pensé en ese instante que había sido torpe y descortés, que además no me creería ni entendería lo que en realidad yo le estaba diciendo. Pero me sorprendió al responderme que yo le recordaba también a alguien. En vez de preguntarle sobre ese alguien, le dije:

—Entonces somos dos fantasmas bailando.

Ella tomó firmemente, con las dos manos, mis hombros, acercó su boca a mi oído hasta donde pude sentir y escuchar su aliento, y mientras me hacía comprobar la fuerza de todas sus uñas, me dijo con tono de reto y una rabia que más bien era coquetería:

—Dos fantasmas de carne y hueso.

Al alejarse acarició con su mejilla la mía y me cortó el aliento. Comenzamos a bailar, los dos con la respiración alterada.

Tal vez en ese momento nuestros fantasmas cedieron y empezaron a diluirse como el sudor de nuestros cuerpos. Nos miramos fijamente con la extraña conciencia de que, como nuestros ojos, ambos estábamos de alguna manera desnudos. Habíamos confesado, cada uno, una enorme carencia y el deseo de llenarla con quien teníamos enfrente. Seducidos y abandonados a nuestra suerte, nos dedicamos a bailar sin decirnos nada, postergando lo más posible el momento de probar la certeza de nuestras obsesiones. Aunque, claro, ya para entonces no era necesario probar nada.

Desde los primeros pasos reconocimos la sensación única de convertirnos en un solo cuerpo por la magia de la música. No tanto hacer los mismos pasos como sentir lo mismo ante las mismas frases de la orquesta. Y una y otra vez asombrarnos al descubrir nuestras diferencias y asombrarnos también al descubrir nuestra repentina identidad. Ir y venir del uno al otro. Aprender a ser otro.

Todos los placeres del baile estaban en Maimuna esa noche. Así como todas las etapas que conducen hacia esa sensación de tocar la luz, de convertirse en una flama que baila libremente. Y tal vez más allá. Ella hacía del baile una ascensión maravillosa por eso que llamaban en su país "los nueve niveles de la escalera iluminada". Los que, según decía, "dan luz al cuerpo desde adentro y llenan de alegría a todo lo que en él está vivo".

Bailamos avanzando por esa escalera que Maimuna conocía como nadie. Ella me guiaba. Paso a paso entrábamos en otra dimensión de nuestros cuerpos, nueve veces cómplices, embebidos, felices:

• Primero explorábamos un placer discreto, *el rigor* de seguir el ritmo de la música, que lleva también al placer de contenerse, sabiendo que *la contención* repetida pero bien ritmada se convertirá inevitablemente en un placer (tal vez hasta un éxtasis) más prolongado. La experiencia límite del baile, la última sensación luminosa se consigue siempre como producto de un rigor, de una disciplina rítmica, de una práctica precisa, pero aparece siempre sorpresivamente, de golpe. Puede ser provocado pero no planeado. Hay quienes piensan que todo el sabor del baile se agota en esta primera etapa y tan sólo "siguen los pasos" una y otra vez, como quien camina por donde ya caminó, sin salirse nunca de sus propios límites. Pero hay también quien sigue un error opuesto, no dándose cuenta de que ciertos bailes, como el danzón, se basan en la contención, en el límite intenso, en el rigor. Y quien trata de subir la escalera saltándose el primer escalón no llega luego muy lejos.

• Segundo placer, *la conciencia del cuerpo*, sentido en sus movimientos, su cansancio, sus límites. Las partes del cuerpo que bailan, y que por instantes toman una extraña autonomía, nos avisan de pronto que han sido tomadas, ocupadas por dentro, por una especie de espíritu de la música y el baile que se manifiesta como un pequeño dolor, una pequeña presión desde dentro. Como si algo viajara en el cuerpo bailando sus propios pasos en diferentes músculos y cavidades. La cintura y el vientre son plazas de baile favoritas de estos diminutos torbellinos internos que se mueven anunciándonos dónde están.

• Tercer placer, el cortejo, *la seducción* muda de los cuerpos moviéndose, contando con esos movimientos sus historias, sus posibilidades, haciendo en ese silencio verbal sus promesas. En muchos casos, la pareja de baile fluctúa entre el espectáculo del pavo real y el esfuerzo preciso y coordinado del caballo adiestrado, pero ahora en brama. Avances y retrocesos, miradas y manos, giros y saltos, todos los pasos son la gramática de dos cuerpos cortejándose, ofreciéndose y negándose, creando los espacios del deseo. Historias caballerescas en movimiento, los cuerpos del baile se crean obstáculos a vencer, derrotan dragones, rescatan princesas y, si tienen suerte y destreza, al final el cuerpo se les llena de magia compartida. La pareja que se seduce bailando no es siempre la que más se toca sino la que se convierte en encarnación del amor cortés: sublimado, prometido, siempre a punto de darse y creciendo en la promesa. La seducción es una historia, aunque se viva como un relámpago sin historia. Es una revelación pero siempre está precedida de anuncios, muchas veces inciertos, otras claros como el agua.

• Cuarto, el placer de *conocer a la otra persona por su cuerpo* en uno de sus aspectos más significativos: el de su relación consigo mismo y con los otros cuerpos. La pareja de baile se observa mutuamente con delicada pasión curiosa. Maimuna se ofrecía a mi mirada diciéndome todo lo que ella era más allá de su cuerpo y, al mismo tiempo, me observaba intensamente descifrando mis movimientos como frases de un lenguaje que los dos aprendíamos juntos. Eramos uno para el otro como un misterio que poco a poco se nos va entregando. Cada uno es diferente puesto en una situación especial o extrema. Quien baila revela una parte nada simple de sí mismo. Nos dice en el baile cómo conoce y goza su cuerpo y qué capacidades tiene para conocer y gozar otros cuerpos. No se trata simplemente de darse cuenta de qué tan bien baila sino de cómo puede adaptar su ser a nuevas situaciones controlando o dejando fluir espontánea y oportunamente algo de lo que en el fondo es.

• Quinto placer, el del *abandono,* primero en las manos de la música, luego en las manos de con quien se baila. Todo lo que al principio es ir tomando conciencia de lo que se es y de lo que se hace se convierte luego en un desaprender minucioso. En un dejar que los ritmos sucedan y las inercias de los cuerpos se apoderen de todos los movimientos. Es un acto extremo de confianza en la persona con quien se baila. Y que implícitamente es confianza en uno mismo. Si es la música la que manda, como debe ser siempre por lo menos en alguna proporción, el abandono no se mide con tiempo sucesivo (un segundo tras otro igual) sino con sonidos de intensidades altas y bajas. Maimuna bailando parecía obedecer de pronto órdenes extrañas, indicaciones misteriosas. Y con la misma sorpresa yo me daba cuenta de golpe de que mi cuerpo era el que emitía algunas de esas órdenes rítmicas, rituales.

• Sexto placer, el de *la transformación continua* del propio cuerpo, ante las exigencias del otro cuerpo con el que se baila. Derivado del abandono, el cuerpo se convierte en otro. Quien baila se descubre de pronto haciendo movimientos que nunca hubiera imaginado porque ya es otra persona. Siente diferente, piensa diferente y, sobre todo, desea diferente. Y ese nuevo cuerpo de baile, al abandonarse en un nivel más alto se vuelve a transformar. Cada cuerpo se siente de pronto como si fuera agua removida, llena de espuma, en una continua catarata de cuerpos. Maimuna estaba de pronto en el aire, bailando como si cayera infinitamente sin saber ni importarle a dónde iba. Me llevaba con ella. Me enseñaba a volar bailando, río abajo.

• Séptimo, el placer de *la sensación de juego.* El goce gratuito, vacío de intención, de perspectiva. El goce por sí mismo multiplicado por las reglas de su juego. Un placer que es siempre como una premonición de los placeres máximos pero que en sí mismo es un valor que se vive como último, supremo. Más que una ilusión placentera es el placer de la magia. El que nos ofrece la sensación de que la magia nos ha tocado y bailamos y nos gozamos mutuamente gracias a la magia. Y Maimuna bailando como una flama que me consumía en su calor era sin duda la encarnación candente de la magia.

• Octavo, *el placer de transportarse,* de viajar mentalmente y sentirse con certeza en otro lugar que no se reconoce, que no se parece al mismo en el que comenzamos a bailar y que da la impresión de ser un nuevo paraíso. Entramos paso a paso en un tiempo sin lugar y en un lugar sin tiempo: dos círculos vacíos que se juntan como bailando para formar un nuevo giro del baile. Así, curiosamente, nuestros pasos dibujaban un ocho sobre la pista para entrar en nuestro octavo placer, que ofrece también naturalmente la sensación de infinito. El nuevo espacio al que viajábamos, al que estábamos transportados era el de nuestros cuerpos formando geografías extrañas, nuevas, cambiantes. Éramos ya nuestro propio oasis bailando. Éramos números que giran, lugares con súbitas palmeras, pozos, sombras; y éramos también un ser con cuatro piernas y cuatro brazos. Después seríamos simplemente "el caballo de ocho piernas cabalgando en la arena", el de una leyenda que más tarde me contaría Maimuna con sus gestos sumados a los míos.

• Noveno y final, *el placer sin nombre,* donde el que baila adquiere una conciencia acrecentada de todo. Una sensación última. Y no tiene nombre porque pocos lo alcanzan y quienes lo logran no pueden describirlo con palabras sino bailando. Ha habido, según Maimuna, pocos intentos de contarlo. Un primo de ella decía que de pronto "sintió un relámpago que circulaba por el interior de su cuerpo y escuchó, sólo él, el estruendo de un trueno reventándole en los pies, haciendo ciclón en su vientre y saliendo como luz por sus ojos". El salón de baile, la orquesta, la gente alrededor de él y hasta la montaña africana en la que estaba desaparecían con él. Todo se fundía en una luz intensa.

Maimuna estaba de pronto bailando como si con su cuerpo le hablara a sus dioses más antiguos, como si rezara. Y cuando las luces en movimiento del salón tocaban su cuerpo, ella bailaba con la luz. La seguía, la obedecía, era su sacerdotisa. Hubo un momento en el que bailábamos cerca de la orquesta y Maimuna, con sus movimientos de cadera, parecía dirigirla. Tenía hipnotizados a todos los músicos, quienes entonces improvisaban, como en una sesión de jazz tropical a la manera de las "descargas" tan famosas del bajista cubano Cachao. Parecía que iban a equivocarse por esa imantada distracción pero Maimuna los conducía de nuevo al camino que ella iba decidiendo. Nueve veces intensificó su ritmo con nueve giros descriptibles sólo en términos musicales. Pero su partitura seguramente tomaba la forma de un mar de cinco líneas pautadas. Era un oleaje creciente más que un simple balanceo.

Entonces, un cubano de la orquesta, cuya voz parecía surgir de atrás de uno de los reflectores, como si fuera la voz de la luz con la que Maimuna bailaba, le gritó con un acento muy marcado un piropo habanero que en su doble sentido estaba lleno de delicada obscenidad:

—Óyeme, negra, no muevas tanto la cuna, que me despiertas al niño.

Maimuna sonrió, consciente de todos sus poderes. Algo estaba haciendo nacer en todos y especialmente en mí.

Con ella aprendí esa noche que se puede bailar tan naturalmente como se respira y que, así como nadie se cansa de respirar, tomando el aliento del baile uno no tiene por qué cansarse nunca de bailar. Bailamos sin parar hasta que cerraron el salón. Luego ella también me enseñaría que lo mismo se aplica al amor, y que hacerlo toda la noche o todo el día no es cuestión de energía sobrehumana sino de hacerlo con naturalidad, como se respira.

Son interminables e incontables las imágenes que tengo vivas de aquella noche. Todas me vienen en remolino mientras escribo. Me veo besando lentamente su cuello largo, arqueado sobre el respaldo del asiento trasero del taxi que nos alejaba del salón de baile. La música seguía sonando en nuestros cuerpos cuando ya sólo escuchábamos el sonido de nuestros besos. Descubrir lentamente nuestra desnudez y comprobar que sin vernos ya nos conocíamos. Hacer el amor infinitamente, desafiar las reglas del día y la noche, del cansancio y el reposo, de la vigilia y el sueño. Desafiar las leyes implícitas del éxtasis obligatorio, del adentro y el afuera, del principio y el fin. Todo es hacer el amor con ella después de aquella noche, incluso recordarla.

El amor es un jeroglífico interminable, se enreda en nuestras piernas, en nuestras miradas, en nuestros sueños. Llega un momento en el que está en todas partes. Pero muy pocas veces se encuentra en la vida quien lo descifre, quien sepa leer y escribir en nuestro cuerpo ese signo caprichoso y afilado. Encontrar a Maimuna, mágica descifradora, seguirla escalera arriba, amarla, fue uno de esos regalos escasos del destino.

Desgraciadamente fue un regalo muy fugaz. Antes de despedirnos, cuando ya casi salía para tomar un avión de regreso a África, hubo un momento en el que la noté ausente. Le pregunté en qué pensaba. Me confesó que estaba a punto de casarse en su país con un novio con el que llevaba muchos años y que lo amaba terriblemente. "Con él todo es perfecto. Quiero hacer mi vida con él, sin duda. Nos amamos y nos deseamos sin límites. Incluso hacemos el amor maravillosamente. Pero él no es un apasionado del sexo, como tú y como yo. Entre nosotros, los que tenemos esta pasión, hacer el amor tiene otra dimensión. No se puede renunciar a esto."

Aún no usaba el nombre de nuestra casta, pero ya estaba Maimuna hablando, con otras palabras, de nosotros Los Sonámbulos.

Quinto sueño

En otro sueño me pedías que besara las líneas de la palma de tu mano. Al acercarme vi con sorpresa, y extraña fascinación, que se habían hecho profundas y eran ya como bocas con labios sensibles que hormigueaban cada vez que los besaba. "Ya ves —me decías—, te beso y te como también con las manos." Siempre me había gustado que tu lengua me recorriera como una mano especial, mas sensible, que sabe hablar un lenguaje secreto con mis músculos, con mis párpados, con mi cuello. Ahora tus manos tenían también el poder perturbador de tu lengua. "Pronto toda mi piel va a servir para devorarte." Te seguí besando y te estremecías cerrando las manos para guardar las huellas de mi boca. Cuando desperté tenía en las palmas de ambas manos una comezón terrible. Sólo se calmaba rascándome con los dientes, mordiéndome. Después de un rato volví a despertar para darme cuenta de que esa comezón también era un sueño.

Aziz Al Gazali
El sueño de las manos con hambre

VI. Torbellino en el vacío

Después de Maimuna, cuando la felicidad de conocerla fue vencida por la certeza de su ausencia, quedé en un estado de gran vacío que todavía me domina. Más de una vez la invoqué en sueños. Más de una vez también vino sin que la invocara.

Iba caminando por la calle y de golpe se instalaba ante mis ojos, desnuda, empapada, como cuando nos bañamos juntos. Y si cualquier tarde hacía un poco de viento, su respiración alterada en mi oído, mientras nos amábamos, era más real que yo mismo. Y con el frío me llegaba la imagen de Maimuna desnuda, sentada en el mármol del baño del primer hotel en el que estuvimos juntos. Separaba lentamente sus piernas para invitarme a poseerla mientras yo verificaba cómo, al abrirlas, el aliento de su sexo empañaba la superficie brillante del mármol.

Maimuna me había dejado hundido en un delirio por ella. En todo y en todos quería encontrarla. Y fue así como entré en un torbellino de posesiones que a ratos parecía completamente caótico y a ratos obedecer a una geometría perfecta. Entre un extremo y el otro me vi aceptando una buena cantidad de tentaciones. El erotismo y su composición secreta parecían ayudarme a conjurar la melancolía, cuando no me hundía un poco más en ella.

Hacer el amor con Maimuna, que en ciertos momentos era como hacer el amor con la luz más intensa del universo, me dejó con la sensibilidad alterada hacia la luz del día. Un pequeño rayo de sol se me volvía un relámpago. Todo lo que sucedía en el cielo era el lenguaje de mis deseos, las nubes mis tatuajes al viento.

También es cierto que Los Sonámbulos se convierten algunas veces en pararrayos de los deseos dispersos en el mundo.

Porque la tierra está cubierta por una atmósfera caprichosa de deseos. Hay grandes corrientes de deseo que recorren el mundo, tormentas, ciclones, torbellinos, precipitaciones escasas o exageradas. Hay algunas veces una gran calma de deseos. Pero nunca dura.

Es claro que los deseos nórdicos no se parecen a los ecuatoriales, ni los orientales a los de Occidente Extremo. Pero todos se mueven, se mezclan y actúan, se entretejen y cubren el cielo de nuestra imaginación con su tejido simbólico. Las nubes son por eso, como decía, el tatuaje de nuestros deseos, su lenguaje secreto.

Un día pude ver un atardecer en Valparaíso que no se parecía a ningún otro. Las nubes desgarradas hacia el mar dibujaban una perspectiva en fuga cuyos colores transformaron mis sentidos. Me obligaban a teñirme de deseos. La imagen de Maimuna me acompañaba. El horizonte se volvía más lejano pero el cielo estaba muy cerca, inmediato. Estaba en las puertas, rojas como nube, de un paraíso. Al fondo del cielo, una perspectiva alucinada me indicaba el camino.

Lo mismo sentí en las Montañas Rocallosas de Canadá en un amanecer inesperado, único. La aurora boreal hizo de seda oriental el cielo llenándolo de rayas verticales diminutas, y abriendo en mi piel las mismas mil heridas deseantes, delgadas y profundas. Primero se abrió en la oscuridad una luz vertical que iba de la tierra al cielo, como un reflector muy potente. A partir de ese rayo se desplegaba lentamente una especie de cortinaje mágico, brillante, vivo, que, donde yo pusiera la mirada, sustituía al aire. Estaba en otro mundo, bajo otro cielo. Ahí el deseo corría con libertad desconocida.

De un polo al otro del mundo, haciendo el amor tatué yo al cielo, y el cielo me marcaba: *poseído.* No me daba cuenta de que había entrado en un torbellino de deseos, en una hambrienta espiral.

Pero a todas las marcas se las lleva el viento. Y algunas veces las trae de nuevo. Uno puede creer que todo es claro, que uno entiende perfectamente, casi por instinto, el significado simbólico de las nubes y el lugar que uno ocupa en el corazón de otros.

Cuando todo parece tener cierto orden, alguien, seguramente un Sonámbulo, desea jalar un hilo suelto del cielo, porque siempre los hay, y el desconcierto deseante se agita de nuevo. Nos enreda y desenreda: nos anuncia que ya somos lo contrario de lo que creíamos. Porque en la atmósfera deseante que respiran Los Sonámbulos nadie controla nada, nadie podría.

Una extraña trama de deseos forma el clima deseante de nuestras noches y días. En las corrientes de aire del deseo, el Sonámbulo es a veces como un pez en flujos de agua que no ve pero siente. Fuerzas que lo jalan, lo avientan y en su lucha lo sostienen mientras a simple vista parece que no se mueve, que nada se mueve.

Así suceden las cosas en el mundo del deseo: historias largas y detenidas, sin que necesariamente algo parezca suceder en el mundo de la contabilidad social, anecdótica. Un Sonámbulo puede sucumbir calcinado por un rayo de deseos sin que una causa exterior sea evidente.

También hay Sonámbulos que son como rayos. Que son para algunos como una especie de fulguración irracional que los obliga a expresar los propios deseos. El Sonámbulo es un creador y a la vez un perturbador de atmósferas.

Un día fui invitado a presentarme en público en una ciudad del norte donde se habla otra lengua y el frío es muy intenso una gran parte del año. Percibí en un público de trescientas personas a unos diez Sonámbulos, hombres y mujeres, que inmediatamente me hicieron notar su condición con miradas leves pero seguras, con la posición de su cuerpo, y hasta con el olor que tenían. Subir a un escenario es la más equívoca de las situaciones. Los deseos se confunden en el público, las expresiones de admiración y deseo se multiplican desde abajo. Las estrellas que cantan y bailan creen que son amadas por las masas cuando son en realidad un amasijo de equívocos. Ofrecerse al público es ofrecerse a todos los equívocos deseantes posibles.

Al terminar mi intervención, en las preguntas que siguieron, sentí que una corriente ligera de deseo se me enredaba al cuello, me tocaba las manos, y hasta sentí que unos dedos recorrían mis labios mientras hablaba. No podía identificar con certeza de dónde venían esas impresiones táctiles. Mi propia carencia me hacía desear que Maimuna estuviera en la sala, que discretamente me estuviera jugando una broma y que apareciera ante mis ojos. Deseos inútiles, por supuesto. Maimuna estaba en otro continente deseando tal vez a otro en ese mismo instante.

Luego se acercaron dos mujeres para invitarme una copa en algún bar de la ciudad. Las dos eran muy bellas y muy parecidas. En el fondo de su piel muy oscura tuve durante un segundo la visión terriblemente delirante de que las dos eran Maimuna. Que en la desmesura de sus poderes mi diosa del deseo había desarrollado un nuevo poder, el de dividirse en dos iguales; y que venía a mostrarme y ofrecerme sus nuevos cuerpos.

Las dos eran como hermanas. Se veía que jugaban en su arreglo y en su atuendo a la fascinación de ser espejo una de la otra. Se adivinaba también que todo lo compartían. Que eran cómplices supremas y tal vez amantes. Me extendían con su presencia una fascinante invitación a entrar en el laberinto de sus sueños.

Sentí el magnetismo y la curiosidad del Sonámbulo que es abordado por otros Sonámbulos, pero también percibí, como en otras ocasiones, cierto peligro. Poco antes, buscando a Maimuna en otras mujeres, creyendo que pertenecían a nuestra casta pasional, me había equivocado entregándome a relaciones sin intensidad, ni sentido, ni pasión extrema. Porque si bien Los Sonámbulos vivimos sobre los rieles de la alta disponibilidad, sabemos que algunas pasiones pueden hacer mucho daño. La entrega que no va a fondo, que no encaja con precisión, la pasión demasiado dividida, dispersa el alma, la diluye. Y casi nunca sabemos con certeza dónde detenernos. Por buena o mala fortuna yo tenía una cita en ese momento y no pude estar ya más tiempo con ellas. Me pidieron mi dirección y prometieron escribirme.

Dos meses después recibí una carta en la que me invitaban a dar una conferencia en el centro experimental de literatura que dirigían en los bosques de Vermont. Emprendí el viaje con ganas de salir de la tensión de mi rutina, descansar en aquel lugar un par de días después de mi conferencia y tal vez escribir un poco. Llegué ahí por la mañana. El sol invernal se multiplicaba en la nieve iluminándolo todo, por todas partes, con una luz diabólicamente fría. Quemaba sólo como quema el hielo. Y no había nada que no tuviera nieve. El conjunto de cabañas y estudios de escritores estaba en un valle muy alto al pie de picos aún más altos, como tremendos rascacielos. La luz, la nieve y las montañas tocaban todo mi cuerpo recordándome lo que significaba la palabra desmesura.

Fui recibido por las gemelas electivas con inmenso afecto. Su piel oscura en ese fondo de nieve las hacía, aún más, personajes de sueño. En ese valle sobreiluminado sin sombras, eran el único reposo ardiente de los ojos. Me enamoré de esas dos sombras vivas. Se llamaban Iracema y Yitirana. Eran de padres brasileños que emigraron del Amazonas al norte de los Estados Unidos. Traían el trópico en las manos y un ejército de hormigas en el alma. Eran creativas, desbordantes, entusiastas, dulces, delicadas en el trato, directas y agrestes en su oficio, y además terriblemente bellas. Iban por el mundo como abriendo una brecha en la selva. Nada podría detenerlas. Fundían la nieve mientras congelaban el agua.

Vinieron a mi cuarto para darme la bienvenida. Me abrazaron, me tocaron llenándome de otro sol, el que traían entre los dedos. Hablaban con entusiasmo. Una terminaba la frase que la otra había comenzado.

Me imaginé que de la misma manera hacían el amor. Y, en efecto, así lo hacían. Su demostración fue demasiado rápida en ese primer momento. Una empezaba el beso que la otra hacía interminable. Una anunciaba la caricia que la otra volvería rasguño. Una mordía y la otra con la lengua consolaba. Mi deseo, en forma de serpiente con dos lenguas, iba tomando cuerpo. O más bien debería decir iba tomando dos cuerpos. Maimuna, cada vez más, se me anunciaba doblemente en ellas.

Escoltado por los dos ángeles negros que me habían poseído, fui hacia el sitio donde tenía que presentarme. El público estaba formado por cuarenta escritores muy jóvenes que llevaban ahí encerrados cinco semanas, cada uno trabajando en su obra. Estarían cinco semanas más y durante dos días iban a tener una serie de conferencias sobre los contadores de cuentos en las sociedades tradicionales. Antes de mí se mostró una película muy divertida en la que aparecían muchos contadores de cuentos en plazas públicas, escuelas, teatros.

Al terminar mi relato y relajarme tomé conciencia del cansancio que tenía acumulado. Por cierto que mientras leía mis notas, de pronto se me hicieron borrosas y me costó un trabajo enorme seguir leyéndolas. Había muchas anotaciones que ni siquiera pude ver o recordar. Desde ese día necesito anteojos para leer. La evidencia repentina del avance de mi edad en el deterioro de mi vista, más el cansancio acumulado por semanas tal vez, me pusieron en un estado de gran fragilidad emocional. Pero la reacción del público en la sesión de preguntas me sacó inmediatamente del estado melancólico en el que me estaba hundiendo. Durante un tiempo largo hablé con todos y cada uno de una manera que parecía íntima, intensa. Todos me hablaban del sentido de su propio trabajo y de su vida. Todos ponían frente al público de alguna manera las manos abiertas con todo lo que tenían en ellas. Yo quería negar la sensación evidente que me saltaba con fuerza a la cara: todos pertenecían a la casta de Los Sonámbulos.

Por primera vez en mi vida estaba en un lugar donde todos éramos fruto de la misma rama pasional. Era como una extraña convención de Sonámbulos que, además, para agravar la situación, eran artistas.

Muchos venían de diferentes países, algunos hablaban lenguas muy diversas, pero todos traían sobre sus cabezas una poderosa porción de nube para contribuir a la tormenta general de deseos. Lo más extraño para mí es que aquel fin de semana largo, en ese misterioso paisaje de nieve donde reinaban dos falsas gemelas negras, me convertí en una especie de pararrayos de una peculiar tormenta colectiva de deseos.

Fui el visitante amoroso de los cuentos orientales, el blanco acribillado de decenas de flechas corporales, el pretexto para expresar sus acumulados delirios deseantes. Fui la línea de fuga de su imaginación erótica. Y fui muy feliz con ello.

Pude conocer las obras y los poderes de muchos jóvenes artistas. Su piel y sus sueños. Me sentía especialmente atraído por las mujeres que me recordaban en algo a Maimuna. Y si no se parecían por fuera yo encontraba en su sexo, en su olor, en sus movimientos, y hasta en lo blanco de sus ojos, asombrosas réplicas. Primero estuve en manos de Simone, y luego de Martine. Una haitiana, la otra francesa. Dentro de mi felicidad por desearlas y ser deseado, me iba invadiendo una sensación insatisfecha. De nuevo creía diluirme excesivamente en la superficie de mis deseos. Casi me prometía no ser tan fácil, tan disponible. Sentí que buscando a Maimuna en otras mujeres más bien la perdía. Sentí que me hundía en un caos de posesiones.

Pero sucedió entonces otro encuentro que me perturbó enormemente porque, además de la felicidad que me dio, me ofrecía de nuevo esa sensación engañosa pero muy disfrutable de que la vida obedece a una geometría perfecta. La terrible sensación de que tarde o temprano todo se paga, de que los amores pendientes finalmente serán correspondidos, de que incluso más allá del tiempo de la vida el alma no descansa hasta dejar saldadas todas sus cuentas.

Existe en varias culturas y religiones la leyenda del Dybbuk, del alma que por algún cometido pendiente en la vida no puede descansar y regresa a la tierra encarnando en otro ser vivo para concluir su obra. Hay tal vez Dybbuks del deseo. Porque el deseo es como un fantasma que viaja de cuerpo en cuerpo completando y dejando incompletas historias de amor y desamor, rompiendo y juntando vidas y más vidas. ¿Habrá un Dybbuk de los deseos de Aziz que encarna en mí para escribir esta historia? ¿Un Dybbuk que tal vez encarnó en mi abuelo y terminó luego buscándome? ¿Un fantasma que me obliga obstinadamente a reunir todos los papeles dispersos de Aziz sobre Hawa y la casta de Los Sonámbulos? Mi delirio crece y me obliga cada vez más a ver líneas perfectas u ocultas donde sólo hay tal vez un confuso nudo de casualidades.

En todo caso, en las montañas, aquellos días blancos, se me cerró este círculo pendiente: un amor frustrado de quince años antes, el amor más doloroso que he tenido, vino a cumplirse en aquel viaje, como si hubiera sido necesario para no sé qué razones celestiales perdonarme después de todo y entregarme el amor que con tanto dolor había aceptado nunca tener.

Así, una noche, en casa de Yitirana e Iracema, nos metimos cinco personas a una tina de agua caliente a presión que ellas tienen en el patio. Eran dos parejas de mujeres conmigo. El agua hervía en ese hoyo en medio de la nieve y nosotros estábamos desnudos, casi quemándonos la piel mientras la noche en silencio se cubría otra vez de nieve. El contraste de temperaturas acentuaba el tono de delirio que todo iba teniendo. Yo disfrutaba enormemente la visión de sus cuerpos desnudos. La ternura que había entre esas dos parejas de mujeres que se amaban hacía crecer la fiebre de mis sentidos. Y las cuatro eran conmigo especialmente cariñosas. Sabían que me excitaban y poco a poco me fui dando cuenta de que su provocación tenía un sentido. Todo era como un maravilloso rito de iniciación o invocación. Así quise vivirlo en ese momento.

Llegó cubierta de abrigos una mujer que yo no sabía que estaba invitada. Cuando se desvistió y entró a la tina hirviente con nosotros vi que era idéntica a otra mujer de la que yo estuve terriblemente enamorado muchos años antes, en París, y que nunca me aceptó porque, además de que yo no le resultaba deseable o siquiera interesante, estaba enamorada de otro. Para señalarme su distancia me envió una carta llena de elogios donde en más de una página me expresaba todo lo que apreciaba en mí. Pero en la última línea decía: "Y a pesar de todo esto te pido, o te prevengo, que nunca cuentes conmigo".

El dolor me duró casi dos años. Una terrible melancolía durante ese tiempo de duelo me hacía verlo todo negro. A mi alrededor el invierno era más largo y más oscuro. Sólo un erotismo renovado me fue sacando poco a poco de ese túnel que ahora casi había olvidado. El amor fue de nuevo el sol que descongeló mi cuerpo. Primero con lentitud, como brotes pequeños en la nueva rama de un árbol, como un cuello de mujer que se descubre por primera vez al entrar la primavera.

Y de pronto aparecía frente a mí, desnuda en agua hirviente, esta mujer que era como su doble. Lo que parecía una casualidad fue creciendo hasta volver imposible tanta coincidencia. Las dos se llamaban Lisa y no sólo eran ambas de Calgary sino que además habían estado juntas más de diez años en la escuela. El mismo maestro las había seducido en la universidad y las había iniciado en la literatura. En la calle las confundían. No sería ésta la primera vez que compartieran pretendientes o amantes.

Toda la noche hicimos el amor con lenta ternura, como viejos amigos que conversan sin parar luego de muchos años de no verse. La luna entraba en mi cuarto como si quisiera ser testigo de cada movimiento, de cada palabra y cada beso. Su luz, hecha eco en la nieve, señalaba también sobre el sudor de ambos nuestra condición de fantasmas amándose, tan pálidos que al amanecer nos volveríamos invisibles. Como nieve derretida, al salir el sol nos separamos. Cada uno continuó su viaje.

La cadena de relevos amorosos seguía desatando en mí esa sensación de ser una pieza muy pequeña en un juego muy grande cuyo sentido no alcanzaba todavía a entender. Tal vez pudiera decir que Los Sonámbulos somos siempre piezas de una apuesta mayúscula aunque creamos ser protagonistas de escenas en las que somos tan sólo un detalle insignificante del decorado.

Somos el polvo sobre la lámpara, que se siente luciérnaga elegida cuando alguien prende la luz.

Mientras estábamos en la tina del agua hirviente, Iracema a mi derecha y Yitirana a la izquierda, me cantaron al oído una canción de *Carmen*, que era como una señal para prevenir mis actitudes posesivas, y tal vez también una descripción del ave del deseo que pasa de cuerpo en cuerpo, de vida en vida, más allá incluso de nuestra propia conciencia: "El amor es un pájaro rebelde que nadie ha podido capturar…".

Mientras amaba a Lisa, mientras la acariciaba y la sostenía encima de mí, con mis dos manos, una parte de mi cuerpo se desgarraba y subía por dentro de ella como línea de mercurio midiendo su fiebre. Y justo en ese momento, el canto de las dos brasileñas me venía a la mente una y otra vez previniéndome sobre el peligro de querer poseer completamente a las mujeres que he amado. Comenzando por esta mujer, y ahora también por la otra Lisa, que para mí encarnaba en ésta. El ave del deseo seguirá siempre volando, me decía, aunque ahora esté un instante en mis manos.

Y aunque para mí ya era un privilegio inmenso recuperar por un momento a Lisa, ella no era todo lo que me sucedería gracias a aquel encuentro. En la espiral del deseo una cosa trae dentro a otra, una puerta se abre sobre otra puerta y el jardín continúa siendo siempre una promesa al fondo del corredor. Sin duda, yo me acercaba al fondo del mío.

Las dos brasileñas, las otras dos casi hermanas negras (Simone y Martine), las dos Lisa, y esa música cantada al oído se convirtieron en una especie de señal del destino que me empujaría a aceptar otra posesión amorosa. Una más, en ese precipicio espiral que finalmente me conduciría hacia Aziz. Una posesión a la que tal vez de otra manera nunca hubiera accedido. Pero tal vez por algo van sucediendo y se van encadenando todas las cosas y todas las personas y sus sueños. ¿Es de verdad geometría pura el deseo o es un caos engañoso?

Sexto sueño

Una mujer se metió en mi sueño. No podía verla pero percibía su presencia cálida. Me tocaba por la espalda, y su caricia se deslizaba a lo largo de mi cuerpo, como el agua de una fuente. Quería despertarme para tocarla. Estaba seguro de que al volver mi rostro encontraría el suyo. Pero no podía moverme. El placer que me daban sus manos era tan grande que me paralizaba. Me hacía dormirme dentro de mi sueño y ahí adentro soñar de nuevo. En ese otro sueño yo me acercaba a una fuente. Estaba esperándola. Ahí nos habíamos citado. Como tardaba comencé a refrescarme en el agua. Al sentirla en mis manos tuve ganas de tener agua también en los brazos y luego en el cuello y el pecho. Unos minutos después estaba sumergido completamente. Y eran de nuevo sus manos las que me tocaban, pero esta vez por todo el cuerpo. Pensaba que ella había llegado antes que yo a la cita, se había disuelto en el agua y, al tocarme y escurrirse por las venas de mi sexo recobraba, latido a latido, su cuerpo.

Aziz Al Gazali
El sueño disuelto en la fuente

VII. Posesión aérea

Mi siguiente contrato me llevó a Cartagena. Ahora me doy cuenta de que Cartagena y Mogador son ciudades gemelas. La muralla crea en la ciudad un hervor, hace de las calles venas calientes; es como espuma, devora al sol con su horizonte, tiene memoria de cañones corsarios, de mujeres que saben moverse como el mar, de hombres en brama que bailan para acentuar, entre tambores, su cortejo. Ambas respiran sal, transpiran noche, huelen a sexo. Son sueños amurallados de hombres delirantes, rítmicos, insómnicos.

Mi penúltima noche en Cartagena asistí al concierto de una cantante brasileña que siempre me ha entusiasmado, Leila. En el calor delicioso de aquella noche caribeña, viendo a esta cantante mágica extender su seducción pública sobre un escenario que dominaba de manera asombrosa, comprobé que, más que nadie, los cantantes crean en el público esta sensación de estar frente a un imán de deseos. Podía estar seguro porque yo desde el público me sentía personalmente llamado a amarla. Aunque me pareciera evidente mi equívoco, me complacía sintiendo ese llamado como quien disfruta una película sabiendo por supuesto que es una historia inventada.

Me daba la impresión narcisista de que ella me dirigía sus miradas, aunque era lógico que hiciera sentir lo mismo a muchos hombres del público. Luego tuve la sensación de que cantaba algunas frases sólo para mí, y que buscaba una respuesta mía, con las manos o por lo menos con los ojos. Me quedé petrificado, con la mirada fija en ella y sobre todo en un tatuaje diminuto que lucía al comienzo de la espalda. Un tatuaje igual al mío, pero más grande. Una mano. Su vestido permitía verlo ocasionalmente, según los movimientos que hiciera. Al terminar el concierto una mujer enviada por ella vino a pedirme que fuera por favor a cenar con todo el grupo que la acompañaba.

En el restaurante, Leila se sentó a mi lado, y sin que hubiera ningún pretexto para que lo hiciera, al terminar la cena comenzó a cantarme al oído: "El amor es un pájaro rebelde…".

Me dio un escalofrío y me quedé mudo. El pájaro del deseo se estaba poniendo de nuevo en mi mano. No había ninguna posibilidad de que fuera una canción de moda que las brasileñas en general canten al oído de quienes pongan a su lado en mesas o tinas. Todo era ridículo y fascinante. Me comenzó a invadir la certeza de que un hilo secreto, tal vez muy largo, estaba haciendo un collar muy extraño con mis emociones y flaquezas. Esa noche Leila hubiera podido hacer conmigo lo que quisiera. Pero yo no tomé ninguna iniciativa ni respondí claramente a las suyas, más por intimidación súbita que por falta de deseo. Me asustaba no sólo ella sino la idea misma de un destino secreto esperándome en su cuerpo. Y ella decidió entonces irse a dormir después de un día muy largo, excedido en fatigas.

Ya que se había ido, una de las mujeres que venía con ella me advirtió: "Hace nueve años que trabajo con Leila y nunca la había visto cantarle a alguien al oído. Debe estar muy entusiasmada y tú no has dado siquiera una señal de vida". Me quedé mudo.

Esa noche no pude dormir. Oía su voz por todas partes. Venía del baño, de afuera, de la televisión apagada y hasta de las maletas. Me arrepentí de no haber respondido a sus signos de disponibilidad. Al día siguiente, lo primero que hice fue buscarla pero ya no estaba en la ciudad. Tenía que cantar en otro lugar y creí sinceramente que no nos volveríamos a ver. Había roto mi cita con un destino anunciado y entristecido me entregué a mi propia rutina.

Dos días más tarde me sorprendí al encontrarla en el avión. Ella estaba unas diez filas atrás de mí. Dormía y no quise despertarla. Pensé en ir a saludarla más tarde. Esperé a que sirvieran la comida y ni siquiera entonces despertó. Su cansancio seguramente había crecido durante el resto de su gira. Seguí esperando con gran impaciencia. Volteaba a mirarla a cada instante. Después de un rato de inquietud decidí controlarme y me puse a leer el periódico. Nada me interesaba realmente más que ella y me dormí recordando su canto.

Al despertar decidí ir al baño y así pasar casi a su lado. Pero al llegar a su fila, ya no estaba. Continué hacia el baño. Estaba ocupado. Mientras esperaba me puse a buscarla con la vista entre las filas cercanas. Se abrió la puerta del baño y era ella. Al verme no sonrió. Convirtió su sorpresa en un arrebato posesivo que me tomó de la camisa y me metió con ella al baño.

Antes de besarme acarició mi cara. Cuando quise acariciarla también, cogió mi mano y la metió en su cintura, abajo de la ropa. Su piel era suave y caliente. Me quemaba casi. Preferí quemarme en su cuello con las dos manos, y desde ahí bajar muy lentamente. Pero ella quería ponerse toda en mí. Se trepaba a mis dedos. Se sentaba en ellos. Ponía en mis palmas el pecho y la rodilla y la cintura y hasta los pies. Para complacerla yo hubiera querido tener veinte manos. Y a ratos su cuerpo en ebullición me hacía sentir que las tenía. Pero si en esos instantes de ilusión yo tenía veinte ella tenía cuarenta. No había nada que no tocara con dedos de lengua de serpiente despertando en mi piel la memoria feliz de todas mis sensaciones dormidas. Y si sus dedos eran lenguas divididas, su lengua era un par de manos húmedas. Y yo estaba en ellas.

Mi sed crecía. Los anuncios del piloto sobre la velocidad a la que íbamos, la altura a la que estábamos y el nombre de las montañas y lagos que se podían ver abajo a la derecha, se volvían para nosotros en ese instante como los comentarios de un *voyeur* lleno de metáforas abusivas que describía la velocidad de nuestra posesión, la altura a la que nos sentíamos volar, y la geografía maravillosa que abajo de nuestra cintura nos tocábamos y nos metíamos. Nos invadía la risa. Era tan raro e incómodo hacer el amor en un baño de avión que disfrutábamos doblemente ese apasionado ridículo, conscientes de estar en una situación irrepetible. El espejo estaba completamente empañado, como en un pequeño sauna. Para colmo, habíamos olvidado cerrar la puerta con llave y alguien la abrió de pronto. Al vernos semidesnudos y enlazados, con las piernas de Leila fuertemente atadas a mi cintura, la sobrecargo perdió un segundo el aliento. En cuanto lo recuperó la escuché decir a alguien que se acercaba por el pasillo que este baño estaba descompuesto. Y cerró la puerta bloqueándola desde afuera.

Al ver mi súbito enfriamiento, Leila me dijo: "No te preocupes. Ella nos va a cuidar. Es de los nuestros. Se lo noté desde hace rato y lo confirmé ahora en sus ojos".

"¿Cuáles nuestros?", le pregunté lleno de curiosidad. Esa complicidad entre la sobrecargo y Leila me resultaba inexplicable. Me imaginé que se refería a que ella también era brasileña, o que era de su club de admiradoras, o cualquier otra cosa.

"Ella es de la casta de Los Sonámbulos, como tú y como yo", me dijo, aparentemente muy segura de que yo entendía de qué estaba hablando. Pero, aunque ya había tenido la sensación de reconocer Sonámbulos y sentirme uno de ellos, era la primera vez que yo escuchaba esa expresión en un sentido más amplio que para nombrar a los que caminan dormidos, y entonces la entendí a medias.

"¿No has oído hablar de Los Sonámbulos? Me extraña porque en tus novelas no hablas más que de eso. Pensé que tú sabías. Que habías hecho intencionalmente todas esas descripciones de ti, de nosotros."

Ante mi cara de desconcierto siguió explicándome: "Los Sonámbulos somos cuerpos poseídos por los deseos hambrientos de miles de otras personas que murieron antes de realizar sus sueños. Somos enjambres de sueños, enredaderas de sueño, muchas veces con espinas. Nudos de sueños. Por eso estamos aquí, cumpliendo deseos de personas que no conocimos pero que ahora son deseos nuestros".

Le pregunté que si estaba segura de lo que me estaba diciendo. "No importa —me respondió—, aquí estamos bien encarnados, como ahora tú en mí. Nos poseemos mejor que fantasmas. Y me encanta llevarte dentro. Nunca saldrás de mí ni yo de ti. Lo sé, lo siento." Y no se equivocaba.

Unos minutos después salimos del baño y buscamos sentarnos juntos. Ahí me contó que en su último viaje a Marruecos, adonde ha ido dos veces para cantar en las celebraciones de fin de año, conoció a un hombre que la observaba y la seguía en todas sus funciones, en sus paseos y en las fiestas del palacio. Una tarde en Marrakesh, mientras curioseaba en la plaza Xemáa El Fná, entre contadores de cuentos, vendedores de hojas caligrafiadas, encantadores de serpientes y médicos de plumas y polvos, Abdel Kader finalmente se le acercó ofreciendo ayudarla a encontrar el regalo perfecto para cada uno de sus amigos.

El carácter de Leila la lleva continuamente a buscar y aceptar retos sin medir todo el peligro que pudiera haber en ellos.

Aceptó la compañía de ese hombre. Quería verlo descubrir finalmente su juego y, ya puesto en evidencia con agresividad, negarse a seguirlo. Trataba de ver hasta dónde podría llegar el posible deseo de estafarla, o de conducirla hacia tiendas donde él se llevaría seguramente algunas comisiones. Pero Abdel Kader, al contrario, gastó en todo lo que ella deseaba. Durante seis horas la acompañó mostrándole rincones y talleres sorprendentes. Y al final, de nuevo en la plaza, mientras tomaban un té de yerbabuena en una de las terrazas, le obsequió un pequeño libro escrito muchos años antes por un calígrafo famoso, Aziz Al Gazali. Era un libro donde anotó sus sueños. Unas cuantas páginas en una caja o carpeta delgada.

"Disfrútalo y compártelo con quien al amarte despierte en ti un eco de estos sueños", le dijo el hombre al despedirse y desaparecer entre la multitud de la plaza.

"Y la verdad, me confesó Leila, es que desde entonces, por morbosa curiosidad, por juego y por reto, como una tarea misteriosa, busqué al hombre que mereciera leerlo conmigo, a mi lado, en la cama. Al que me amara incluso desde el fondo de sus sueños. Y creo que ése eres tú."

Unos días después Leila me leyó el primer libro de Aziz que pude conocer. Era un manuscrito muy pequeño, con caligrafía sorprendente. En las páginas opuestas tenía traducciones del árabe. Nueve capítulos con nueve sueños en cada uno ocupaban todas las hojas, que estaban sueltas y agrupadas en una pequeña carpeta de piel y tela. Todo dentro de una caja. *La espiral de sueños*, se llamaba.

Nuestro número nueve, que es arábigo, se escribía como una espiral antes de que se volviera una recta con cabeza. Por eso, tal vez, el libro luce un nueve caligráfico en la portada, y otro en el reverso del libro. Con la equis en el lomo dice nueve por nueve.

Al abrir la carpeta y sacar las hojas, tuve esa equívoca sensación de reconocer lo que nunca había visto, como cuando uno cree que ya ha vivido este instante. Por atrás, cada una de las hojas parece una baraja.

Y al fondo de la caja, casi pegado a un viejo forro de tela, encontré un papel muy frágil doblado en forma de acordeón. Leila no lo había visto antes. Estaba escrito con la misma tinta y caligrafía que el libro. Se trataba de una especie peculiar de árbol genealógico. Una línea familiar, la de Aziz, se cruzaba con otras ramas venidas quién sabe de dónde. El árbol echaba raíces en varios continentes y unía varios desiertos. De pronto, entre los muchos nombres enlazados por círculos concéntricos encontré el de uno de mis parientes, Jamal, el abuelo de mi abuelo, del que no sabía casi nada. Para cada persona mencionada había al lado un texto paralelo con una referencia, una descripción o una brevísima escena. Se veía que en esa lista estaban hombres y mujeres relacionados por la sangre pero también por otros vínculos que, por lo visto, merecían ser escritos pero que yo no alcanzaba a descifrar.

Una curiosidad mayúscula, que Leila obviamente no podría satisfacer, comenzó a devorarme. Se me convirtió en una obsesión averiguar qué vínculo podría haber existido entre uno de mis ancestros y el autor de aquella caligrafía desenvuelta cuyo oleaje ahora me envolvía en sus giros.

Busqué en todas las bibliotecas a mi alcance los datos que pudiera haber sobre Aziz Al Gazali. Los primeros y más difundidos fueron equivocados. Una vieja enciclopedia del Islam decía que había sido el fundador de una secta muy secreta. Tan escondida que había pocos datos sobre ella. La secta de Los Sonámbulos. Ahora sé que no se trataba de una secta sino de una casta; no una sociedad secreta sino una naturaleza y un destino. Pero en ese momento pensé que tal vez mi ancestro había formado parte de esa sociedad exclusiva de seguidores de Aziz.

La misma enciclopedia decía, ahora sí con acierto, que las obras del calígrafo exploraban, por su forma y su contenido, los modos de existencia del deseo en el mundo. Y que lo hacía sin afán de conocerlos todos sino, simplemente, de comentar los que conocía. Y hablaba más de los manuscritos perdidos, por referencias de segunda y tercera mano, que de las pocas páginas disponibles. *La espiral de sueños* figuraba en la lista de los libros extraviados. Sobre él se decía que contenía el texto de una invocación mágica en la secta, dividida en nueve partes. Cada una contenía nueve sueños. Nueve veces nueve imágenes delirantes. Que formaban además, supuestamente, un peculiar edificio de adivinación basado en la geometría y el simbolismo del número nueve.

Corrí a extender sobre una mesa las nueve líneas de sueños de Aziz, en sus hojas sueltas, para verlos de golpe queriendo adivinar su geometría implícita o secreta. Los combiné de diferentes maneras. Los junté y separé nueve veces nueve sin encontrar otro sentido a esas descripciones de sueños. Pero de pronto me fui dando cuenta de que en cada una de las nueve líneas de sueños había por lo menos uno que tenía cierta correspondencia con alguna de las mujeres que me habían llevado hasta Leila. Y ella era justamente la octava en una extraña cadena de posesiones. O la novena si se contaba a la otra Lisa, a la del pasado, lo cual era poco probable. En todo caso estaba moviéndome en una geometría del deseo que se había apoderado de mi voluntad en un amplio teatro oscuro y me había llevado hasta la diminuta cabina de un avión. Era como si la forma de un caracol me hubiera guiado. Y cada uno de los sueños de Aziz, colocado imaginariamente entre cada una de esas posesiones, era como un puente entre ellas, un comentario alucinado de lo que afectivamente me sucedía.

No podía creerlo. Seguramente estaba añadiendo muchísimo de mi propio delirio al pensar así las cosas. Pero ahí estaba yo, camino al delirio de Aziz armado solamente con el mío.

Ocho mujeres de piel profunda me habían enloquecido, me habían hundido en el agua de su piel, de su voz, de sus deseos. Faltaba seguramente una más para completar las nueve.

Una cifra tal vez mágica que se repite en mis pasos. Tenía nueve sueños escritos uniéndolas y dándoles sentido de espiral, de torbellino, de un extraño sueño de sueños. Algunas de ellas me dejaron trazos profundos y otras un poco menos. Con cada una fui tomando conciencia de mi limitada condición de Sonámbulo.

Le pedí a Leila que me acompañara a Marruecos. Que me ayudara a encontrar al hombre que le regaló ese libro. Me escribió en una tarjeta la dirección de su casa y la manera de comunicarme con él desde antes. Pero se negó radicalmente a acompañarme. "Tal vez yo ya cumplí mi papel en tu vida, me dijo con desencanto evidente cuando le conté torpemente que era la octava y faltaba una novena. Sigue solo. Más que ayudarte allá te estorbaría." Me sentí como el imbécil que estaba siendo con ella. Insensible absoluto. Egoísta completo. Un loco delirante a la búsqueda de una novena mujer, seguramente inventada, incapaz de pensar que tal vez con Leila estaba la verdadera meta de mi búsqueda. Y tal vez esta limitación sea también una marca de Los Sonámbulos. Notando mi incomodidad y mi culpa, me dijo: "No te pongas así. Yo soy igual. Recuerda que yo también pertenezco a la casta. Nos interesa lo mismo. Queremos lo mismo. Ve allá y cuando regreses, si regresas, hablaremos de nosotros".

Su "si regresas" me produjo un escalofrío. Y sin embargo me decidí entonces a seguir las huellas de Aziz, el calígrafo. Si sus delirios escritos ya habían viajado en la mano de Leila de su continente al mío, yo podría hacer el salto contrario. Quiero seguir remontando la corriente, entender su extendida presencia misteriosa en mi sangre, aunque más bien debería decir, en la sangre de mis sueños.

Séptimo sueño

Soñé que mientras te besaba, tu boca se iba volviendo más profunda, tus labios sabían de pronto ser anchos o delgados según la sed, el hambre, el ansia que teníamos. Tu lengua sabía ser leve anuncio de la humedad o invasión total de tus mareas, torrente, marejada en mi boca, en mi cuerpo. Eras tantas y la misma, que te adoré de mil maneras. En el arcoíris de formas que tu cuerpo era, había una sola transformación constante: el canto cada vez mas grave de la edad. Cambiábamos juntos. Saboreábamos las nuevas hendiduras de nuestros labios madurando. Nos alegrábamos al comprobar, con la lengua, que en la comisura de nuestros ojos la risa compartida tanto tiempo había dejado ya sus huellas. Líneas de fuga, marcas de acumuladas alegrías. Todo esto sucedía mientras hacíamos el amor sin principio ni fin, sin buscar una sola cumbre sino muchas repartidas entre tu piel y la mía. Entre una luna llena y la siguiente; o la anterior, porque el tiempo era un río extraño que simultáneamente bajaba y subía. Y había de pronto hendiduras entre nuestros besos, por donde parecían asomarse otras personas. ¿Quiénes eran? Tal vez tú y yo mañana. Tal vez ancestros del hambre de nuestros cuerpos. Nuestros Sonámbulos.

Aziz Al Gazali
El sueño del tiempo

VIII. Un ave muy fugaz

Unos días después estaba en el sur de España. Visitaba de nuevo los lugares que fueron de mi familia hace tanto tiempo, pero esta vez con tal conciencia que me parecía una iniciación, una primera vez. En Sevilla imaginé que era el mismo río Guadalquivir el que los ojos de mis ancestros miraron. Y que pisaron el mismo polvo subiendo la espiral de la torre La Giralda.

Sentí que en la Gran Mezquita de Córdoba yo tocaba el mismo rayo de sol que pasaba por la arquería rojiblanca. En Granada, pensé que cruzaba frente a mí el mismo halcón eterno merodeando sobre los jardines de la Alhambra.

Y claro que nada era lo mismo. Esa continuidad sólo estaba en mí. Nada queda si no se le anhela. Todo pasado es deseo. Por eso, en Cádiz, casi pude ver a mi tatarabuelo embarcándose hacia América.

Mi viaje por estos lugares era como un sueño ajeno. En cada uno quería quedarme para siempre y sabía que tarde o temprano regresaría a cada una de estas ciudades por temporadas más largas. Las mujeres, especialmente en Sevilla, me estaban ya trastornando simplemente al verlas, al cruzar dos sonrisas, dos palabras, dos implícitos deseos. Ahora tenía que irme porque, no muy lejos de ahí, en otro puerto del Mediterráneo, logré hacer una cita fugaz con Maimuna. Ella estaba en París por unos días y el puerto de Séte era ideal para encontrarnos, aunque fuera una noche.

Una rama de mi familia había emigrado al sur de Francia, instalándose en el puerto mediterráneo de Sète, donde los marinos muertos vigilan, desde un misterioso cementerio marino en una colina, el regreso de los barcos pesqueros.

Nos dimos cita en un hotel pequeño sobre la colina que daba directamente al muelle y, con la ventana abierta a la sal del viento, con los mil mástiles de los barcos pesqueros agitándose en el puerto, hicimos el amor y bailamos con la música por dentro. Hicimos eso durante horas y horas y horas. Parafraseando el diálogo de no sé qué película, Maimuna me había dicho en otro encuentro: "A los dos los quiero. A ti te quiero más pero a él desde hace más tiempo. Tú estás mejor que nadie en el instante, en la intensidad. Él en mi historia. Tú y yo no tenemos futuro, tenemos apariciones mágicas fuera del tiempo. Instantes. Pueden ir y regresar".

Desgraciadamente para mí esa afirmación del instante amoroso entre nosotros iba a dejar de ser cierta. Y por eso esta vez la despedida fue más cruel y más certera. Los dos supimos que no volveríamos a vernos en mucho tiempo. Ella, sobre todo, para seguir con su vida tal como la estaba llevando, y porque quería ya pronto tener su primer hijo, necesitaba pensar que no existo. Necesitaba cancelarme de su mundo afectivo. Y eso me dolió terriblemente.

Le pedí que viniera conmigo a Marruecos. Era imposible. Mi búsqueda de Aziz y sus huellas le pareció extraña. Con certera intuición me dijo: "Esa búsqueda esconde otra. Ten cuidado. Me da la impresión de que quieres saber más de esa mujer, Hawa, que del calígrafo. Puedes quedar más lastimado. Cuídate. Me da la impresión de que todo esto es para llenar un vacío. Los vacíos son peligrosos porque fácilmente se llenan de dolor y de delirios". Y así nos separamos de nuevo. Me dejó muy alterado y frágil emocionalmente. Como si me hubiera preparado con especial atención para lo que inmediatamente iba a sucederme en el barco que estaba a punto de tomar. Una conmoción, un golpe como de tormenta total y un cambio de todas mis certezas sensibles. Mis sentidos, al cruzar este mar, ya no servirían para lo mismo.

Desde Sète me embarqué hacia Tánger. El trayecto, que debería haber durado treinta y ocho horas, se convirtió en un viaje por un tiempo interno, sin límites visibles, sin conciencia de hacia dónde íbamos y dónde habíamos embarcado. Una tormenta vino a mezclar las sensaciones de todos los que estábamos en ese barco. No hubo privacía posible en la sala colectiva donde cada uno se dejó llevar por el canto biológico de sus padecimientos. El Golfo de León, en la orilla más occidental del Mediterráneo, nos devoraba, nos devolvía porque también estaba muy mareado, y nos volvía a tragar. Fue como una iniciación al gran sinsentido.

Todo lo que teníamos por dentro estuvo fuera y todos los golpes del mar sobre el barco estaban ya muy adentro de cada uno. El cuerpo no tenía más piel que la tormenta. Y aun ella era un límite estrecho y agitado. Me dejó una sensación radical de pérdida y desconcierto.

Así se lo conté a Maimuna en una carta que le escribí desembarcando: Nos despedimos en Sète esa noche y al día siguiente me embarqué en el Agadir. Ése era el nombre del barco marroquí que me llevaría a Tánger. Era como un augurio del terremoto espiritual que me amenazaba porque Agadir es el nombre de la única ciudad de Marruecos que fue completamente destruida por un terremoto hace muchos años.

Subí al barco paseando tu imagen, y ahí se me mezcló con lo que menos esperaba. No necesito aclararte de qué manera contrastaban los gestos distantes y desdeñosos de los franceses del puerto con los signos hospitalarios y laberínticos de los tripulantes árabes. Reconocía en ellos algo familiar pero a la vez muy distante. No es necesario que te explique hasta qué reconfortante extremo me afectaban sus miradas, su cercanía, lo desenvuelto de sus aproximaciones laberínticas. Por los gestos entendí que había un puente más antiguo entre Marruecos y México que el de mi familia emigrando del desierto del Sahara al de Sonora. Un puente mucho más antiguo que el mío de regreso buscando las huellas de Aziz.

Ya sólo faltaba esa noche la comida para añadir al estado de ánimo que yo extendía desde el cementerio en la playa en Sète, el gusto de las diminutas explosiones que vienen con un condimento extraño. Por la boca vino la más sutil de las alteraciones y por la boca se retiraría hasta tomar la forma del silencio. Era de madrugada cuando entramos en el Golfo de León. Estábamos varios pasajeros en el camarote de un marino oyendo una larga historia de transacciones y trabalenguas, cuando tuve el primer presentimiento de que el fantasma del Golfo, el mareo, me había saltado a la lengua. No recuerdo haber tenido lengua más asustada. Las contracciones me exprimían todavía el estómago cuando ya no tenía en él ni siquiera la idea de alguna húmeda migaja. Hasta el recuerdo de los alimentos había quedado a flote, a la intemperie agitada. Materias diminutas perdidas entre las quijadas de las olas que parecían mordernos. Traté de llegar a mi lugar en el barco, medio ayudado por un marino que también estaba a punto de derramarse.

Bajamos más de seis largas escaleras, puesto que viajaba en la tercera clase, muy por debajo del nivel de flotación del barco. Luego él me abandonó, justo cuando ya se sentía el golpe del olor que subía desde mi compartimento colectivo. Éramos cerca de ochenta personas en un cuarto con hileras de butacas medio reclinables. Obviamente no había ventanas. Un cobertor con el nombre del barco estaba doblado en cada silla. Era como una sala de cine sin pantalla ni salida de emergencia.

Casi todos ahí eran trabajadores marroquíes que regresaban a su país después de haber estado empleados una larga temporada en Francia. Yo creía ser el único con la lengua horrorizada pero llegando al compartimento me di cuenta de que era uno de los menos maltratados. La gente corría al único baño y nunca llegaba a tiempo. Si alguien lo hacía se daba cuenta de que ahí todo desbordaba tanto como nosotros. Había que tirarse al suelo porque estando sentados se multiplicaba la agitación de la boca. Ya en el suelo, por debajo y en medio de las butacas, poco importaba dónde ponías la cara. Era tan difícil permanecer en un solo lugar que hasta las pastillas y los supositorios que un médico nos dio rehusaban permanecer en nuestros cuerpos.

Algunos decían que el frío era más fuerte que en cualquier nevada. Nunca cesaba; nada daba calor ni por un instante y, como estábamos justamente en la punta del barco, donde la fuerza de las olas pegaba, recibíamos los golpes del mar atormentado casi directamente en el cuerpo. Nunca terminaba tampoco el movimiento: cada golpe era el aviso inevitable del siguiente. Era como chocar dramáticamente en un automóvil, pero repetido toda la noche.

Luego estaba el olor, que era lo que más provocaba ese delirio de los alimentos. Además, recuerdo todavía con horror la manera muy árabe en la que mis compañeros cantaban sin inhibiciones su accidentada desenvoltura. Recuerdo con exactitud esa masa de eructos lentos y excesivos que comenzaban con un trueno seco y terminaban con uno repetidamente fluido. Nadie contenía un ruido; nadie podía.

Varios hombres lloraban con sus hijos al fondo del compartimento. Dos mujeres tatuadas rezaban a gritos, como queriendo vencer con el rigor de sus palabras la insistencia de las olas. Con las rodillas y la frente tocando el piso, levantaban la cabeza y volvían a azotarla contra el suelo. Quienes las veían cerraban los ojos; pero ni siquiera los ojos podían permanecer en una sola posición mucho tiempo.

Me cuesta trabajo seguir contándote esa noche. Piensa que duró tantas horas que llegó un momento en el que ya no importaba el tiempo. No se podía dormir, ni calentarse, ni dejar de oler o de oír los estruendos de las bocas que remedaban al mar. Estábamos sumidos en aquella tormenta de los intestinos que parecían sacudir al mar y no lo contrario. Era una contracción del abdomen que se extendía pavorosamente al mundo. Era el mundo removido por la agitación de unas cuantas "serpientes intestino" depositadas en el más frágil rincón de un barco.

Esa vez el sueño no cayó con la noche, era más un desvanecimiento general lo que venía. Eso no era dormir, era casi un desmayo. Las contracciones seguían. Las mujeres que rezaban en árabe continuaron golpeando el piso y hasta en los párpados podíamos sentir sus golpes sumados a nuestro esfuerzo por mantenerlos cerrados.

No fue tampoco el amanecer lo que vino luego. No es el día lo que sigue a la noche en un agujero. Pero era como si otra cosa comenzara; algo así como la llegada de alguien a quien se espera desde hace tiempo.

Cuando abrí los ojos ahí estaban todos los demás en calma. Y el mar también estaba tranquilo. Quién sabe cuántas horas habían pasado. Era de día. Ya nadie desconocía las reacciones más elementales de los otros, y ahora las miradas se entretejían con reconocimiento. Todos habíamos cantado y ahora recogíamos nuestros granos de voz dispersos entre los otros.

Al fondo de la habitación, alrededor de un hombre se había hecho un círculo. Ocho o nueve personas lo escuchaban. Él movía los brazos y la danza de sus dedos era tan elocuente que casi me permitía adivinar algunos detalles de sus descripciones en árabe. De vez en cuando, quienes lo oían soltaban una palabra indecisa y él negaba o asentía. Le pedí a alguien que me explicara ese relato y poco a poco me fue dando los trazos de una breve epopeya marina. Se trataba de un barco raro que nuestro narrador, Ibn Jazán, juraba haber visto dos años antes, en esta misma travesía, después de una tormenta.

Este hombre tenía a todos frunciendo el ceño en los contornos de su narración. Si no entendí mal, hubo un tiempo en que las ciudades del Mediterráneo expulsaban a todos aquellos que no cabían en la lógica trazada por las calles. Los ciudadanos pagaban a los marinos por llevárselos y tirarlos al mar. Algunas veces sucedía que, después de unas semanas de navegación, como la lógica del mar era opuesta a la de las calles, se hacía difícil diferenciar a los expulsados del resto de la tripulación. Así, en uno de estos barcos sólo quedaron aquellos que los árabes llamaban "gente sin esquinas".

Los habitantes de los puertos comenzaron a hablar entonces de un barco que conocían burdamente como "la nave de los locos". Ibn Jazán decía haberla visto surgir del horizonte emanando una música punzante y monótona. Todos le preguntaban detalles. No sé si entendí lo que decía o lo que yo prefería entender. Lo cierto es que metí en sus imágenes las mías. La historia lejana de la nave me gustaba.

Pero en menos de una hora se desataron de nuevo las oraciones respondiendo a la creciente letanía turbadora de las olas.

Recuerdo el horror de todos cuando vieron que comenzaba de nuevo lo que creían terminado. Esta vez las sacudidas fueron más suaves pero el tormento de la gente y sus gemidos fueron más fuertes. Una mujer y sus dos hijos se ataron por la cintura con la misma cuerda para no estar separados cuando se quebrara el barco. Un muchacho pálido bajó jurando a gritos que había visto al capitán y su ayudante muy mareados y llorando. Las dos mujeres volvieron a azotarse afligidas contra el suelo y los pocos hombres que todavía podían articular palabras se les unieron.

No faltó un culpabilizado misionero, cristiano por supuesto, que quisiera dar sermón contando la vida antigua de la Santa Monja Portuguesa, la que salvó de una tormenta a la tripulación de un barco en el que treinta mujeres iban a las costas de Berbería para pagar por sus maridos un gran rescate. Contó que arrojaron al mar un pañuelo con reliquias de la Santa y que, inmediatamente, se hizo alrededor del bulto flotante un halo de tranquilidad en el agua. Fue creciendo y al llegar el bulto al horizonte la armonía se conciliaba ya en todo el mar y en todo el cielo. Que de pronto el sol salió y la tierra estaba a la vista como queriendo recibir con gusto al navío.

Cuando el misionero más dulcificaba su final esperando dar optimismo a los pasajeros y a la tripulación, éstos más desesperados estaban. Todos hablaban a gritos y menos mal que ni siquiera lo oyeron porque, tal vez, lo hubieran puesto con reliquias y todo en el agua, para ver si era cierto.

Perdí el sentido más pronto que antes y sólo recuerdo haber oído con insistencia en los gritos de la gente que nos estábamos convirtiendo en la nave que nos había descrito Ibn Jazán. Estoy seguro de que antes de que mis ojos cedieran pensé mucho en eso.

Desperté en el hospital del barco. Me arañó el sol filtrado y multiplicado por una botella de suero que golpeaba contra el marco metálico de la ventana. Sé que uno no puede confiar en todo lo que ve, pero ahí estaba un velamen naranja a lo lejos, y un mástil largo lleno de follaje. Un bufón con cascabeles enredados en el pelo trepaba al mástil para desprender un pollo asado que colgaba de las ramas. Era el árbol del conocimiento del bien y del mal, había dicho Ibn Jazán, pero yo vi en él, además, a cuatro chivos trepados que le comían las hojas. La nave se veía repleta de gente y no era fácil entender el sentido de su desplazamiento. Quise salir a cubierta para observarla mejor y con los otros, pero en un instante la perdí de vista. Lo último que recuerdo es el color claro de una tabla larga que salía de la nave por un extremo, mientras un monje glotón y una monja cantadora la detenían sobre sus piernas como si fuera una mesa. Un montón de cerezas rodaron por ella hasta estrellarse en el mar.

El médico del barco llegó tranquilizándome. Me ofendía su seguridad: su completa ausencia de dudas sobre la veracidad de mi relato. Dijo que todo era tan sólo mi imaginación incendiada por la debilidad de mi cuerpo. Sin que viniera al caso me preguntó que si había leído un poema que sucede en Sète, *El cementerio marino,* y salió del camarote hospital, donde él me había puesto, diciendo en voz alta, con ademanes retóricos, recitativos: *¡Sí, gran mar dotado de delirios!* Y azotó la puerta luego de gritarme: *¡El viento se levanta… hay que tratar de vivir!*

Otras ocho personas en el barco habían visto la nave. Pero los nueve dimos testimonios muy diferentes y hasta contradictorios de lo que creíamos haber presenciado.

Entiendo que en ese momento haya sido casi imposible creernos. Entonces pensé que, aunque es cierto que todos estábamos muy débiles y tal vez propensos al delirio, y aunque la nave sea un fantasma, es seguro que ella navega, por lo menos, en un mar imaginario que se extiende hasta donde estemos siempre quienes la vimos.

Sentí que al desearte con delirio y evocar tu imagen de la misma manera irracional, acudieron a esa puerta abierta mil fantasmas para poblar mi nueva zona de invocaciones. Y la noche agitada del barco extendió los límites de esa zona hasta que la perdí en el horizonte. Todo había cambiado en todas partes para mí.

Esa navegación sospechosa y menos personal de lo que pensé entonces era parte de una travesía de las cosas y de las personas que me tocan por dentro. La he vivido como confluencia, magma, confusión. ¿No sería aquélla más bien La

Nave de Los Sonámbulos? ¿O tal vez ése sería el nuevo nombre futuro del barco en el que ya estaba?

Varios días después de mi llegada a Tánger, me volví a embarcar para conocer por mar la ciudad de Aziz. Llegando al puerto de Mogador, me sorprendió que tanta gente me hablara de la nave. A la menor incitación comenzaban a contar lo que sabían. Me extrañaba que pudieran conocer con tanto detalle las vidas de sus tripulantes. Pero una mujer me lo explicó claramente:

"Aquí, antes de ver al barco que usted dice lo oímos. El viento del mar trae a la costa una madeja de ruidos por los que sabemos que ya viene pasando cerca. Quienes lo oyen por primera vez se asustan, los otros corren para subirse a la torre del fuerte y oír mejor, o van hasta la punta del muelle. Y cuando allá a lo lejos se comienza a ver un puntito, la gente que tiene buena vista dice que en ese barco todos traen la boca abierta, que vienen contando a gritos cada uno su vida, sus pesares. Todos hablan al mismo tiempo, así que las historias se mezclan. Por eso los cuentos que nos llegan ya están muy manoseados y trenzados. Pero como a final de cuentas cada uno oye el cuento que puede, y puede el que le guste, siempre se queda uno más o menos contento cuando pasa el barco."

Pensé que todas las historias que uno pueda contar, todas las que uno pueda vivir, todas las que uno pueda escuchar, si se tiene suerte, son como las de ese barco.

Bajé al muelle con la certeza de que las cosas se acomodan finalmente de un modo que nunca podríamos haber previsto. El sentido de la vida es un ave fugaz. Y vamos tras de su plumaje confundiéndolo en el cielo con los colores de un atardecer encendido a la orilla del mar.

Octavo sueño

Soñé que nada importaba sino tenernos. Que no había antes ni después. Todas tus sonrisas de todos los tiempos eran del presente. Estaban presentes en mí mientras arqueabas tu cintura para poseerme como si fueras a cabalgarme. Tu boca hizo de pronto un gesto que reflejaba la fuerza tremenda con la que me apretabas dentro de ti. Me dabas un beso profundo y fuerte con los labios dilatados entre tus piernas. Y era de pronto la sonrisa más profunda de tu vientre la que brotaba por tu boca. Me tenías en ti como se tiene una idea plena, que da gusto y obliga a sonreír. Me tenías como se guarda algo que parece ajustarse perfectamente a tus sueños de ese instante. Y en ese instante sólo importaba tenernos. Era tuyo para siempre, mientras duraran tus dos sonrisas. Tu presencia sonriente me explicaba cómo, en el amor, lo de arriba puede estar abajo, lo de antes puede ser futuro y lo que vendrá historia. Y yo quería morder la comisura de tus labios, la parte más fugaz de tu boca, la que sólo con la punta de la lengua podía saber que tenía sabor a sonrisa plena, doble, obstinada, irrepetible.

Aziz Al Gazali
El sueño de dos sonrisas

IX. Huellas dormidas

Desembarqué en Tánger transformado. Tenía la sensación de que, incluso si no encontraba ninguna de las pistas de Aziz que estaba buscando, mi viaje había valido la pena. Y para colmo, todo, hasta la luz de la ciudad, me contaba historias. Estaba en un lugar donde deseo y realidad iban de la mano. Gracias a las indicaciones de Leila entré en contacto con el hombre que le había regalado el manuscrito de Aziz sobre sus sueños. Lo visité en su casa. Abdel Kader era un comerciante de libros antiguos que vivía en La Medina, en la parte antigua de la ciudad que crecía como laberinto. Su casa estaba en la zona más alta de una colina, así que desde su terraza se veían casi todas las demás, y tres bellísimas torres, los minaretes, desde donde el *Almuecín* dirigía las oraciones.

Entré a La Medina por el Mercado Grande o Gran Soko, y seguí por la Calle de los Plateros hasta la antigua plaza del Mercado Chico. Un niño me llevó desde ahí hasta la casa de Abdel Kader. Cuando le di una propina, el niño me ofreció darme algo muy útil, un talismán, si le daba el doble. Pregunté de qué se trataba. Era un secreto que perdía sus poderes si se le mencionaba antes de que fuera comprado. Es decir, tenía que darle el dinero si quería saber de qué se trataba. No era mucho y se lo di más por lo que me pareció una muy lograda representación teatral que por el objeto que fuera a ofrecerme. Sin embargo, resultó algo que me gustó y me ha sido desde entonces un objeto muy cercano y un símbolo al que con frecuencia acudo.

Con una mano recibió las monedas y con la otra extendida me entregó su amuleto, una pequeña mano de lámina. "Se llama La Mano de Fátima y protege contra la envidia, el mal de ojo y los malos sentimientos que hay en algunas personas y en algunos libros. Y en esta casa va a encontrar muchos."

"Claro, le dije, es la casa de un librero. Lo que vende son libros. Es lógico que tenga muchos libros."

"No, me sorprendió riéndose. Quiero decir muchos malos sentimientos. Dicen que hay quienes han entrado ahí y nunca han salido. Otros dicen que aquí viven fantasmas y un mago que en sus libros guarda almas sueltas que le sirven para hacer sus artificios. Las almas prisioneras tienen malos sentimientos. Las apresaron a la fuerza. No quieren estar ahí. Y cuando se juntan muchas son peligrosas para el que se pasea entre ellas. Las almas son como el papel, caben solas en cualquier parte. Pero juntas pesan mucho y nadie quiere guardarlas. Aquí hay toneladas de almas. Se ve que usted es nuevo por aquí. Use mi amuleto."

Guardé la pequeña mano de lámina en mi puño izquierdo y me aventuré a tocar la puerta con la derecha. Poco a poco iría aprendiendo que nada de lo que se haga con las manos es insignificante y que en La Mano de Fátima mucha gente depositaba una parte de sus sueños y varias líneas de su destino. Poco a poco yo fui haciendo lo mismo.

Me abrió la puerta un hombre muy pequeño que antes se había asomado por una mirilla a la altura de mi cintura. Me pidió que lo siguiera a través de un primer patio de azulejos con una pequeña fuente de piedra en el centro. Varias puertas se abrían sobre ella, y en una percibí una biblioteca con una enorme mesa de trabajo con más de diez copistas leyendo y llenando pergaminos. Había todo un ejército de enanos lavando los patios, vigilando en las azoteas, y haciendo copias de libros antiguos.

Abdel Kader me recibió en un segundo patio, que se abría en uno de sus extremos sobre un jardín. Nos acercaron dos sillas de madera, a la sombra, donde se podía oír y ver otra fuente y un estanque alargado en línea recta que partía de ella hasta perderse en el fondo, entre los árboles, como una larga aguja de agua que se va encajando lentamente en la tierra.

Él había recibido mi última carta, en la que le adelantaba mi curiosidad por saber qué significaba ese extraño árbol genealógico de Aziz con mi bisabuelo en él. Abdel Kader me había respondido una carta breve y muy amable alegrándose por tener noticias del descendiente de un hombre que su familia conoció. Y me invitaba a visitarlo en su casa.

Era un hombre muy alto, de barba esponjada sobre su pecho, ojos inquietos y ademanes sutiles. Palabras rápidas y gestos lentos. Manos que se movían con suavidad pero extrañamente sin afectación. Había algo fantasmal en su presencia. Y lo había también en su ejército de enanos.

Me ofreció un "té de menta", que para nosotros es de yerbabuena. Ordenó poner una mesita pequeña sobre la cual quedó luego una charola de latón con la tetera y los dos vasos de vidrio tallado. Obedeciendo un gesto discreto de sus ojos, un hombre comenzó a servirnos. La tetera cantó desde un metro de alto sobre nuestros vasos, callando a las fuentes por un instante con su catarata. La espuma seguía sonando al deshacerse incluso cuando el vaso ya estaba en nuestras manos.

—El abuelo de tu abuelo estuvo a punto de casarse con una de mis bisabuelas, me explicó Abdel Kader. Estuvieron comprometidos sin conocerse. Como era la costumbre. Pero él tenía otro destino. Su carne estaba imantada por otros polos. Cuando se escapó con una de las mujeres del emir de Mogador, mi familia ardió en cólera y fue perseguido con más saña por ellos que por los enviados del mismo emir. Éste simplemente lo consideró muerto y sabía que cualquiera en su reino se pelearía por adelantarse a sus deseos. A ella, que se llamaba Dauya, la mataron al salir del baño público, el *hammam*. Todavía lavan en el piso de piedra las manchas de sangre que dejó hace tanto tiempo. Y llevaron al emir su bellísima cabeza. Él la lloró con desesperación pero la arrojó a los puercos que cuidan los cristianos.

"Ahora tráiganme la de él, para que terminen juntas. Ése es mi sueño."

Jamal, tu tatarabuelo, escapó a las montañas pero regresaba de noche, como sombra de las sombras, decidido a vengarse. Lo hizo, seduciendo por años a cada una de las mujeres del emir, a pesar del resguardo de su *harem*. Algo tremendamente difícil. Pero lo hizo y se convirtió en una leyenda. El último en enterarse fue el emir. Lo cual aminoraba bastante la fuerza de la venganza. Aunque se enteró finalmente cuando ya todo mundo se burlaba de él. Claro que después de unos años era evidente que Jamal lo hacía ya más por dar cuerpo al complicado laberinto de sus deseos que por venganza. Era el hombre más deseado entre las mujeres de Mogador. El único presente en las conversaciones de todas y en sus sueños. Nadie como Jamal ha concentrado las miradas codiciantes de todas las mujeres y sus pensamientos posesivos.

Mencionar su nombre en Mogador, todavía, es un truco usado por las mujeres cuando tienen dificultades para alcanzar estados de abandono y, en ocasiones, hasta algunos éxtasis añorados. Los esposos de matrimonios viejos, menos orgullosos y necesariamente más llenos de mañas, lo dicen al oído de sus amadas en un momento preciso, casi murmurándolo, como si hubiera salido sin querer de sus labios, justo cuando ellos necesitan que actúe esa llave mágica que al instante las libera de todas las ataduras. Y así hacen que el cuerpo de sus amadas vuele.

La leyenda de Jamal sigue siendo la más perturbadora dentro de las murallas de Mogador. Y ya no se sabe qué fue verdad y qué fue inventado. De hecho, para que fuera verdad, gran parte o casi todo lo que hizo tenía que ser secreto. Perfectamente secreto. Conocemos sólo la leyenda.

—¿Y qué relación tenía con Aziz? ¿Por qué aparece en su árbol genealógico?

—No es el árbol de la familia biológica de Aziz, sino el árbol de su familia espiritual. Su *Silsila*. Son parientes en el deseo. En esa lista de vínculos y descendencias Aziz escribió los nombres de aquellos que llevan, como él, la marca del deseo en la frente. Jamal y Aziz pertenecían a una especie de ejército inconsciente de enamorados, a un grupo sin grupo o una banda sin banda de asaltantes del corazón que Aziz llamó Los Sonámbulos. Débiles de la carne, férreos de la voluntad y la obsesión: pésima mezcla para llevar una vida tranquila.

Le dije que, según mis cálculos, Aziz debió ser algo más joven que Jamal.

—Así fue, me dijo Abdel Kader. Aziz admiraba a Jamal y lo consultó durante casi un año, todos los días, para escribir su *Tratado de lo invisible en el amor*. Podemos creer que ahí está una buena parte de la experiencia de Jamal, despersonalizada, digerida, codificada. Es una lástima que todavía no se encuentre un manuscrito completo. Y encontrarlo sería doblemente interesante por la parte de magia que se le atribuye y que nunca ha sido comprobada.

—¿Jamal practicaba la magia?

—Que sepamos, sólo en la cama, es decir en el amor, y como te dije es una leyenda. Era más bien Aziz el que exploraba los límites de la ciencia que algunos pueden pensar que es magia. Después de que casi muere en un atentado donde todos a su alrededor fueron completamente degollados. Pero sobre todo después de que Hawa murió, Aziz busca desesperadamente fórmulas para prolongar la vida. Se hunde en las esperanzas experimentales de la alquimia. Traduce y desentraña todos los libros antiguos que hablan de la vida eterna, de la capacidad de la sangre para regenerarse. Y llega a ser muy conocido en toda Europa y también en Oriente. Estudia todos los delirios de extrema supervivencia, todos los intentos por estar presente en el mundo después de la muerte, especialmente a un príncipe chino que viaja a Mogador convirtiéndose, él y su corte, en limaduras que hace volar el viento, como la arena de las dunas. En la plaza de Mogador puedes oír esa historia que rescató, y en gran parte inventó Aziz. Es ya una leyenda repetida y transformada. La leyenda de cómo entró a Mogador la solar, la enfermedad oscura de la melancolía.

Aziz estudia todos los rituales de la vida más allá de la vida. Entabla una amistad muy especial con un noble napolitano, Raimundo di Sangro di San Severo, que experimentaba con la corriente sanguínea intentando volverla eterna. Sólo consiguió hacerla de piedra. Aún se conservan en Napóles, en su casa, los esqueletos de varias personas con el sistema circulatorio petrificado alrededor de sus huesos. Uno de ellos es el de una mujer embarazada. Dicen que experimentaba con sus amantes y con sus sirvientes, y con todo el que de noche se atreviera a pasar por las estrechas calles de muros altísimos que rodean su mansión napolitana. En su biblioteca hay dos cartas de Aziz. No muy relevantes. Y en su diario hay menciones entusiastas a una visita no muy breve que Aziz le hiciera. La casa del señor de San Severo es hoy un museo privado, y entre sus principales atracciones están dos tumbas de mármol que, de manera más que realista, simulan cubrir con un delgado velo transparente dos cadáveres bellísimos, desnudos.

El napolitano rendía culto a la muerte, a la belleza de la muerte. Aziz Al Gazali a la vida, a la intensidad del momento y a la afirmación de la belleza fugaz. Aziz sería clasificado hoy como un erotómano. Creía firmemente en la fuerza vital del erotismo. Según él, todo en la vida podría mejorarse con la fiebre amorosa de los cuerpos. Y estaba seguro de que para alargar su vida necesitaba despertar y multiplicar el erotismo de los otros. Vivir en el erotismo de los otros. Por eso admiraba terriblemente a Jamal. No sólo por su experiencia y su destreza en las batallas del amor, sino por sobrevivir, aunque fuera modificado, en la mente deseante de muchas otras personas. La pasión de Aziz era explorar la manera en que vivimos dentro de la mente de los otros: las maneras del deseo. Todos vivimos en los demás. Todos sobrevivimos en los demás. Todos poblamos los infiernos y paraísos de los demás.

—¿Cómo es eso?

—No lo sé. Creo que nadie, ahora, podría saberlo con certeza. Salvo tú.

—¿Cómo? ¿Por qué yo?

—Porque tú estás en la línea que él dibujó. Eso que tú pensabas que era un extraño árbol genealógico es una espiral de personas deseantes, de Sonámbulos que él conoció. ¿Viste que los últimos niveles están vacíos? Está pensada como una matriz que puede continuarse hasta nuestros días. Y te incluye a través del abuelo de tu abuelo. Por eso llevas, como él llevaba, ese tatuaje en la muñeca y seguramente en el vientre. ¿Nunca te preguntaste qué era? Ahora ya lo sabes.

Me quedé mudo. No podía creerlo. Miré mi tatuaje y me dio la impresión de que había crecido, como una alergia de la piel que de pronto se reproduce. Sentí que estaba enloqueciendo o que me había metido en un juego que me rebasa, que no entiendo.

Abdel Kader sonreía mientras yo tocaba incrédulo mi tatuaje. Había hecho traer un libro de emblemas y tatuajes y me enseñó claramente dibujado el mío.

—Perteneces aquí tanto como al lugar donde naciste. México es una trenza complicada de otras naciones, de mil pueblos, y de mil castas dispersas en sus vientos enrarecidos. Es un hervidero de razas. De minorías, como les gusta decir ahora. Es más árabe que español. México es un país árabe que se desconoce. Pero lo que tú buscas está aquí. Es una mujer, y se llama Hawa, como la que trastornó a Aziz. Pero sólo la tendrás dejando que se apodere de ti completamente el espíritu de Aziz.

—¿Cómo?

—Sólo tú puedes recibir el paquete manuscrito que tiene un viejo Attar, en Mogador, con instrucciones precisas, selladas, de entregarlo solamente a Jamal, o a uno de sus descendientes. Yo te diré cómo encontrarlo y qué tendrás que decirle.

—¿Es una casualidad que esté yo aquí o tuviste que ver en esto? ¿Encontré a Leila por suerte o tú la enviaste a buscarme?

—Las dos cosas y ninguna. No entenderías. Yo sabía de tu existencia. Como muchos lo sabemos. Pero sólo a través de Leila podíamos saber si realmente eras Sonámbulo. Ella lo es, como tú sabes. Pero no fue mi cómplice sino mi vehículo. Yo supuse que tarde o temprano se encontrarían. Ella y tú o ella y otro Sonámbulo marcado. Hay varios en el mundo, ¿sabes? Y todo sucedió más rápido de lo que pensé y con tan buena fortuna que nos traes el espíritu de Jamal en la sangre.

—¿Qué ganas tú en esto? ¿Qué esperas de mí?

—Tu recompensa no es monetaria, pero podría serlo. No es lo que más deseas. La mía sí. El paquete que te aguarda en Mogador ha sido custodiado por décadas. Entre Los Sonámbulos que Aziz designó, estaban los descendientes de Jamal, ya lo sabes. Pero cuando el abuelo de tu abuelo hispanizó el nombre de sus hijos eligió la versión castellana del nombre de Aziz: Amado. Eres de cierta manera descendiente espiritual de Aziz. Sólo tú tienes doble derecho y puedes abrir los manuscritos que llevan tanto tiempo esperándote. El Attar daría su vida antes de dárselos a otra persona, viva o muerta. Porque también hay fantasmas insatisfechos que los buscan. El secreto de afirmación de la vida que contienen es muy codiciado.

—No me has respondido. ¿Tú qué ganas? ¿Por qué haces todo esto? No me has explicado tu interés.

Abdel Kader se levantó y fue hacia uno de los cuartos que daban al patio. Me pidió que lo siguiera. Sacó de su túnica, de su *dyilaba,* una llave enorme que metió en una cerradura metálica, fundida en filigrana. Entramos a un cuarto que estaba también cubierto de libros. Cada uno de los libreros bajo cerradura. Sobre una mesa alargada en el centro tenía tres estuches de piel, de los que se usan para proteger el Corán. Eran como bolsas dentro de otra bolsa, sirviendo a la vez de encuadernación, plegaria caligráfica en piel y estuche. Cada uno de ellos tenía decoraciones diferentes sobre la piel pero todos delataban el mismo estilo, el mismo artesano.

—Estos tres estuches pertenecieron al profeta. Su valor es incalculable. Él los diseñó y vigiló su manufactura. Fueron originalmente cuatro. Cada uno lo acompañó durante algún tiempo y luego lo regaló. He pasado mi vida recolectándolos, siguiendo todas las pistas que llevan a ellos, comprando todo y a todos para finalmente poder tenerlos. Sé en manos de quién han estado durante todos estos siglos. Tengo además quien me ofrece una fortuna inimaginable por ellos. Con la condición de tener el juego completo. Pero me falta uno para completar los cuatro. Y en ese estuche están los papeles de Aziz. Tú conservarás los papeles y me venderás el estuche. Te lo pagaré generosamente. Y además te ayudaré a descifrar las líneas de tu destino trazadas en esos papeles. Hay sobre todo una novena mujer mencionada en la hoja de tu vida que no encontrarás esta vez sin mi ayuda.

—¿Cómo va a estar mi destino cifrado en algo que fue escrito mucho antes de que yo naciera?, le pregunté, mientras pensaba en la terrible desconfianza que me daba toda la historia.

Estaba seguro de que Abdel Kader buscaba algo más. Pero no tenía certeza alguna de que fuera falso o verdadero lo que él me prometía y me pedía. ¿Qué era esa extraña promesa de encontrar mi destino en una mujer que todavía no había conocido? Abdel Kader interrumpió mis pensamientos.

—Adivino en tus ojos la desconfianza. Ven.

Me llevó entonces al otro extremo de la mesa. Me pidió el manuscrito de los sueños de Aziz, que yo llevaba conmigo. De un cajón cerrado con una llave de cabeza triangular sacó un papel muy antiguo que tenía dibujado un cuadrado, con nueve señales de cada lado. Le sirvió como un instructivo para extender sobre la mesa cada una de las hojas de los sueños. Sacó de un librero otra caja con objetos que me resultaban indescifrables. Pequeñas formas de barro y metal. Cada una diferente de la otra. Algunas eran geometrías perfectas y otras eran caprichosas. Extendió otra hoja de papel con una mano dibujada en el centro. Cada dedo estaba completamente cubierto de tatuajes misteriosos: letras, números, geometrías, ojos, montañas y flechas, escaleras y rostros agazapados. Me pidió que pusiera mi mano derecha sobre esa mano cifrada. Lanzó las nueve formas entre mis dedos. Lo hizo tres veces. La última no las recogió pero me hizo retirar la mano.

—Cada uno de estos sueños de Aziz, me dijo, es un talismán, como el dibujo de tu mano y como estos objetos que te parecerán raros. Hay una relación entre todos ellos. Aziz estudió la relación entre los sueños donde impera el deseo y las leyes matemáticas de la probabilidad. Este cuadro con nueve números por lado se llama Cuadrado Védico. Viene de la India o tal vez de más lejos. Los artesanos de Marruecos lo conocen a la perfección porque es uno de los secretos de todos los trazos geométricos que ves en los edificios, en las puertas, en los libros. Una relación entre estos números: una fórmula, define a cada figura y a su relación combinatoria con las otras. Gracias a este Cuadrado, en un mismo plano se combinan formas que normalmente no lo harían. Geometrías muy diversas sólo así conviven. Como si se mezclaran en la misma superficie realidades y sueños, fantasmas y cuerpos de carne y hueso, presentes y futuros, vivos y muertos, vegetales y animales, casualidades y proyectos. Aziz estudió detenidamente este Cuadrado Védico. ¿Sabes que los calígrafos escriben también sobre la superficie de los azulejos o *zelijes*? Por siglos, en el gremio de los zelijeros ha estado vivo el secreto de este Cuadrado increíble. Su secreto ha sido transmitido con gran cautela. Aziz lo tuvo y lo empleó en muchas de sus obras caligráficas superficialmente.

Pero muy a fondo en ésta, su obra suprema: el azulejo caligráfico del deseo. El caligrama vivo que estás haciendo.

Extendió todas las hojas sobre la mesa y, para mi asombro, tomando cada uno de los objetos que habían estado entre mis manos eligió exactamente cada uno de los sueños que yo había pensado antes que tenían cierta relación conmigo. Después me asombró más, cuando separando nueve sueños me fue relatando paso a paso mi reciente cadena de posesiones. Desde el teatro hasta el avión, pasando por mi cita en el cementerio marino y mi trastorno total en el barco, mencionó muchos detalles que nadie más que yo podría haber sabido.

Quise pensar que en realidad estaba en una situación completamente azarosa y que habría algún truco detrás de la historia de Abdel Kader. Pero era imposible que me hubiera espiado durante los últimos meses. Aunque tantas cosas me obligaban a creer que todo era posible. Y Abdel Kader me reservaba todavía otra sorpresa.

Tomó el último objeto y buscó la hoja del sueño que era su correspondiente. Al encontrarla sonrió como si verificara algo que ya supiera. Me invitó a sentarme de nuevo y trató de explicar con calma lo que iba a suceder.

—Entre todas las posibilidades que Aziz calculó y volvió a calcular, estaba la de que alguien, varias décadas después de su muerte, se sintiera poseído por su búsqueda, por sus ansias, por sus deseos. En sus sueños geométricos trazó un complicado laberinto donde alguien que él no conocería en persona, pero de quien conocería la filiación sonámbula, es decir tú, se vería fácilmente inclinado a vivir una parte de lo que a Aziz le faltó vivir. Especialmente con Hawa.

—No lo puedo creer.

—No tienes que creer nada. Te estoy ofreciendo simplemente algo que necesitas, algo que da sentido al deseo que vives a cada instante. Si aceptas lo que te digo, si lo tomas con reservas o si lo niegas completamente, no importa. Estás aquí. Tu deseo es real. Si quieres acepta esta historia con escepticismo, jugando. En realidad es un juego, una complicada *arte combinatoria* establecida con perverso placer por Aziz y que nosotros jugamos ahora. Es algo más fuerte y seguro que El Tarot, más rico en matices que La Baraja, más abstracto y más concreto a la vez que el I Ching. Todos ellos, como te imaginas, son juegos adivinatorios estudiados ávidamente por Aziz, nuestro calígrafo del amor y del destino: del deseo.

—¿Cuál es entonces mi siguiente jugada?

Tú no eres jugador. Eres una pieza. Recuérdalo. Aziz creyó en la posibilidad de que tú, o alguien como tú, fuera siguiendo sus pasos por un largo periodo de tiempo, encontrando manuscritos aquí y allá, impregnándose de su espíritu, de sus ansias y sus sueños, y además fuera realizando en una mujer llamada Hawa, alguna forma transformada de sus propios deseos. Era un hombre sin duda caprichoso, calculador como debe serlo un buen calígrafo, y además un apasionado creyente a ciegas en la pasión.

—Es muy violento pensar que alguien haya planeado así mis pasiones, que las prefigure, que juegue con ellas.

—Aziz no las planeó, simplemente dibujó el tablero sobre el que tú estás ahora moviéndote, con tu pasión al aire, con tus fichas sueltas, en riesgo de ser perdidas o ganadas. Claro, no cualquiera puede jugar. Tú llenas el perfil requerido, eso es todo. Es como tener un premio ganado desde el principio. Nada más.

—¿Qué riesgo corro jugando a esto?

—Los del amor y los del deseo. Ni más ni menos. Harás el ridículo, como cualquier enamorado, y serás feliz o infeliz, como cualquiera. Con el añadido de que tus deseos están tejidos en una historia que es como un juego. Si este valor añadido te importa es mucho. Y creo que sí te importa.

—¿Y de qué Hawa hablas? La de Aziz debe estar muerta como él, hace muchas décadas. ¿Se trata de un amor platónico?

—No. Hawa es una descendiente, también por líneas indirectas, deseantes, laberínticas, de la Hawa que Aziz amó y perdió. Ella murió antes que Aziz y fue esa muerte, esa sensación terrible de que le faltó vivir una parte de su pasión con ella, lo que sin duda lo empujó a buscar esta solución azarosa, de juego, de experimentación del deseo. Una forma de desafiar su destino. Una forma imaginaria de retarlo. Él murió tal vez con dudas de que su plan fuera realizable. Pero aquí estamos, y a ambos nos sirve jugar a esto.

—¿Dónde está la Hawa de ahora? ¿Cuándo la encontraré?

—Antes de conocerla, aunque he preparado ya tu encuentro con ella, tendrás que impregnarte más del espíritu de Aziz. Yo te indicaré dónde, cómo y cuándo la conocerás. Recuerda que siempre hay el riesgo de que no se entiendan. Lo que ahora llaman la química de las personas puede estar en contra de ustedes, a pesar de todo lo que haya planeado Aziz. Todo lo previsto no es suficiente para que fluya el deseo. Esa es una de sus reglas. Lo sabes. Por ahora, si aceptas este juego, si accedes a venderme lo que te pido, si al contarte esto no mato tu interés por Aziz, por Hawa, tienes que ir a conocer la ciudad de Mogador. Y en ella encontrarás muchas más respuestas y preguntas.

Lo que viviste en el barco la noche de tormenta es una buena iniciación sensorial a todo esto. Estás, como pocas personas, abierto a todo. Eres como un niño en mis manos, o en las manos de Aziz. Tú elige cuáles, da lo mismo.

Me sacó de su casa por una escalera que nos hacía bajar la colina desde adentro. Me explicó que afuera, en la puerta por la que entré, estaban los muchachos que me trajeron esperando para sacarme más dinero. "Al no verte salir, me dijo, comprobarán que robo las almas y mato a la gente, como seguramente te explicaron para venderte esa Mano de Fátima que tienes en el puño izquierdo y que no has soltado un instante desde que entraste."

Mientras seguíamos bajando me dio instrucciones para llegar al puerto de Mogador y para encontrar ahí al hombre de la farmacia tradicional, al Attar de Mogador, que me entregaría los papeles de Aziz. Abdel Kader abrió al final de la escalera una pequeña puerta metálica que daba a una plaza poco frecuentada, diminuta. Me cegó la luz por el contraste con la media penumbra en que nos movíamos. Se despidió de mí mientras no podía ver. Me prometió acercarse de nuevo más tarde.

Caminé hacia el centro de la plaza y distinguí una fuente de azulejos creciendo sobre un muro como un musgo multicolor, pero con la formación geométrica y repetida de los cristales y los caleidoscopios. Pensé que el juego de Aziz en el que, tal vez con increíble imprudencia, me había metido tenía mucho de estas formaciones geométricas que podemos ver en los azulejos de Marruecos, los *zelijes*. Me quedé mirando detenidamente la flor geométrica que se multiplicaba y volvía a dividirse ante mí sobre esa fuente. Su traza era sencilla y muy compleja. Cada vez que me parecía adivinar el secreto de su esquema éste se me escapaba de nuevo.

Estaba concentrado en las líneas de la fuente cuando se me acercó un hombre muy anciano, con la cabeza cubierta y un bastón para ayudarse en su lentísima caminata.

—¿Le gusta?, me dijo.

—Sí, mucho. No alcanzo a entender cómo la hicieron. Cómo planearon su dibujo.

—Me da gusto que piense eso porque yo la hice. Y una buena traza es aquella que deja al que la mira en meditación perpetua. Al descifrar una figura debe aparecer otra que sea un nuevo enigma. No debe haber principio ni fin para estas líneas que deben anudarse y desatarse sin cesar ante sus ojos. Sólo debe quedar el placer de mirarla. Y la certeza de la duda. La hice hace muchos años. Me la encargó el dueño de esa casa. Antes de morir.

Y con una mano temblorosa señaló la puerta de Abdel Kader. Pensé, por las edades, que se refería al padre de Abdel.

—¿Usted es azulejero?

—Fui el *maalem,* el maestro artesano *zelijero* más conocido de Mogador, de donde vienen estos azulejos. Mi especialidad eran los Cuadrados Védicos. Justamente aquí me encargaron que hiciera uno.

—¿Entonces es verdad? ¿Cómo los hace?

—No es ningún secreto. Un cuadrado dividido en nueve casillas por cada lado. Cada una tiene un número, como en una extendida tabla de multiplicar. En él, con fórmulas precisas, uniendo los números marcados, todas las figuras son posibles, desde el círculo hasta la estrella pasando por la espiral, como puede ver en la fuente.

Me acerqué inmediatamente a la caída de agua tratando de descifrar esa geometría de lo posible en la que Aziz se había basado para construir su libro de sueños. Cuando quise preguntar algo más al viejo azulejero ya se había ido. Me sentí como una pequeña pieza de tierra cocida en una geometría que no lograba entender completamente. ¿De verdad existe esa geometría envolvente? ¿No la invento al creer en ella, al ponerla como techo misterioso de todo lo que hago? Tal vez invento todo y soy tan sólo como una piedra tirada en un río. Piedra o azulejo, tomé camino hacia Mogador.

NOVENO SUEÑO

Soñé que me acercaba lentamente a tu boca, venía probándote desde la nuca. Mis labios iban rozando apenas tu piel, los vellos más delgados del cuello, los lóbulos, las mejillas. Y cuando girabas de golpe para atrapar mi boca con la tuya, mordías sólo mi labio de arriba mientras el otro llegaba hasta tu mandíbula. Me ofrecías todos los ángulos pronunciados de tu cara. Me dabas a comer tus pómulos, luego tu barbilla. Entonces decidías mojarme la cara, poco apoco, con la lengua. Mojabas y secabas con la piel de tus mejillas; una y otra vez hacías lo mismo. Luego te apoderaste también de los párpados. Me hacías mirar la humedad de tu boca sobre mis ojos cerrados. Cuando menos me daba cuenta habías pasado de acariciar con tu lengua en círculos mis ojos a hacer lo mismo con mis testículos. Dibujabas de nuevo con la punta de la lengua, a través de la piel, todos mis círculos. Y otra vez me hacías mirar y admirar de placer la humedad sin verla. Todo mi cuerpo era un eco de círculos concéntricos alrededor de tu boca. Yo era una espiral movida por tu lengua.

Aziz Al Gazali
El sueño de los cuatro círculos

Dos
En los labios

Por diversos caminos van los hombres. Quien los siga y compare presenciará el surgimiento de extrañas figuras. Éstas forman parte de la escritura secreta que todo lo permea y en todo puede ser percibida: sobre las alas que se despliegan, sobre el cascarón del huevo, en el movimiento de las nubes, en la nieve, en los cristales y las petrificaciones, sobre las aguas congeladas, en el interior y el exterior de las rocas, de las plantas, de los animales, de los hombres, en el brillo nocturno de los astros, sobre una superficie de vidrio y otra de resina frotadas y pegadas, en la curva que forman las limaduras alrededor del imán y en las sorprendentes coincidencias del azar. En todas esas figuras se presiente la clave de una escritura oculta, su gramática; pero ese presentimiento no permite que se le reduzca a formas fijas y se niega a convertirse en clave duradera. Podría decirse que un disolvente universal —el alkahest de los alquimistas— se derramó sobre los sentidos de los hombres. Sólo durante algunos instantes sus deseos y sus pensamientos parecen tomar cuerpo. Así surgen sus pensamientos, y un instante después todo ante sus ojos se vuelve confuso, como antes.

FRIEDRICH VON HARDENBERG, NOVALIS

I. Veo por tus ojos

Llegué a Mogador, la ciudad de Aziz Al Gazali, en ese momento que llaman "la hora de la siesta de las redes". Cuando el cuerpo intensamente blanco de sus murallas, torres y muelles se va cubriendo de una piel rojiza. Son cientos de redes secándose, todas teñidas entre el rosa y el violeta.

En su siesta las redes de Mogador parecen tener sueños púrpura. Sueñan o recuerdan que antiguamente esta casi isla se llamó Purpurina. Y aquí se fabricaban los tonos de rojo que eran los más preciados y que sólo podían usar en sus telas los emperadores, los papas y los reyes.

También surge seguramente en sus sueños marítimos el más antiguo habitante de Mogador, un molusco en concha de caracol con picos, una espiral de estrellas. Se llama Púrpura o Murex, y de su cuerpo brota un escaso líquido amarillo que al tocar el aire se vuelve primero verde y luego profundamente rojo. Con él se tiñen las telas. Desde el mar, las redes extendidas con aspavientos por los pescadores sobre lo blanco de la ciudad parecen otro oleaje. Como si a Mogador le hirviera la sangre.

Ciudad límite del desierto, sus inmensas dunas entregadas completamente a los deseos del viento nos enseñan que, grano a grano, una montaña puede ser movida varios kilómetros en un par de días. Ejemplo del deseo obstinado.

Y en las afueras de la ciudad, sobre las playas más cercanas, una cuarta fortificación, mucho más antigua que los tres círculos concéntricos de murallas que nos enredan en su laberinto dentro de la ciudad, yace en ruinas como salida de un mal sueño. Es el Palacio de lo Invisible, la construcción hecha a partir del libro de Aziz, su *Tratado de lo invisible en el amor*. Destruida y abandonada después del asesinato de su constructor, el emir Ajmal. Una fortaleza de apariencia milenaria, con la base carcomida por las olas. Inmenso castillo de arena, como un deseo mal situado.

Las murallas blancas se imponen a la vista desde el mar como una aparición. Y conforme nos íbamos acercando notábamos engañosos desprendimientos. Unos trozos pequeños se ponían a volar y les brotaban alas: gaviotas en el aire, regresaban a la muralla para formar parte de ella un instante y se desgajaban de nuevo aleteando para extender la muralla hasta el cielo convertida en parvada.

Otro aparente desprendimiento parecía no volar sino caminar por las calles, ir encima de las murallas, asomarse por las ventanas. Trozos de muralla como mujeres cubiertas completamente por telas blancas. Sólo les asomaban, muy inquietos, los ojos, y de vez en cuando las manos.

Con los ojos daban órdenes. Con los ojos tomaban o dejaban las cosas en el mercado. Tomaban o dejaban también, tal vez, a sus amantes.

Mirando a la ciudad desde el mar, entendí por qué sus habitantes viven y mueren con el ánimo encadenado a ella. En el barco comprobé tres veces que cuando a una persona nacida ahí se le pregunta de dónde es, después de decir "soy de Mogador", siempre añade "por suerte". Otros van más rápido y responden directamente "soy de la ciudad de la buena estrella". Porque se piensa que un cometa cuida a la ciudad orientándola y abriendo en el cielo el mejor lugar posible para ella. "Mogador tiene Baraka", tiene fortuna, dicen los de fuera.

Aziz Al Gazali no fue ajeno a la fuerza imantada que ejerce Mogador sobre sus habitantes. Desde el mar me imaginaba a Aziz mirándola, deseándola. No me equivoqué. Al leer poco después las primeras páginas que Abdel Kader me hizo llegar ya en Mogador, comprobé que para Aziz la ciudad era como una mujer, y la mujer como una ciudad: la ciudad del deseo.

Es cierto que estando en ella el tiempo cambia, el espacio se abre a nuevos espacios. Uno mismo se transforma.

No había puesto un pie en el muelle cuando ya me invadía el deseo de quedarme ahí para siempre. Por los ojos me había poseído. No era una sensación nueva. Me había pasado en varias ciudades. Pero en ninguna como en Mogador ese deseo me entraba como la humedad y el calor, hasta los huesos. Me dejé invadir por la idea de que Aziz había sentido lo mismo que yo al mirar su ciudad desde el mar: una emoción febril como de adolescente enamorado.

Al acercarse, lo blanco de la ciudad se iba llenando de destellos azules. Eran los marcos de las ventanas pintados con el color del cielo. También los barcos llevaban franjas del mismo azul intenso, solar. Las redes de los pescadores, en cambio, eran casi rosas, color coral. Yacían sobre las barcas o estaban extendidas sobre el muelle como animales dormidos, porque "la siesta de las redes" era, como dije, el nombre de la hora en que puse un pie por primera vez en Mogador.

Seguí las instrucciones de Abdel Kader y llegando busqué las mesas al aire libre donde se vende comida, al lado del muelle. Pregunté por la mesa de Abdulah. Me reconoció inmediatamente como el enviado de Abdel Kader. Sin preguntarme nada me sirvió un par de sardinas a la parrilla. Cuando terminé de comerlas me entregó un paquete envuelto en periódico que abrí con gran curiosidad. Era otro manuscrito del calígrafo: doce hojas encuadernadas con gran cuidado. Traté de asimilar los golpes del asombro y leí todavía con mayor sorpresa lo que Aziz Al Gazali escribió al desembarcar en Mogador.

Hacía un paralelo entre Mogador y una mujer. Entraba en ellas, las poseía, pero en el fondo siempre le eran radicalmente inaccesibles. Parecía afirmar, como buen maestro sufí, que nunca se termina de poseer a alguien, especialmente a las mujeres y a las ciudades. Según Abdel Kader, la mujer que Aziz busca en estas páginas es Hawa. Siempre va tras ella, siempre la encuentra y se le escapa.

Al desembarcar en Mogador y leer ahí el poema que él nombró *La inaccesible,* se me entrega otra cara de Aziz. Veo un fragmento de lo que él vio. Tengo, en parte, sus ojos. O él tiene ahora los míos.

II. La inaccesible

1

EN TU CIUDAD Y LABERINTO

Guardo en la lengua un último recuerdo: el sabor del mar en la más baja marea de tu aliento. Llegar a ti era esperar de todos tus mares la caída y descender con ellos hasta tu boca voraz de todos los comienzos: nada vi en tu laberinto, entré sin ojos, tocando las paredes, oyéndote llegar, sabiéndote perdida. Los hilos de tu voz me condujeron y estuve así contigo en tu ciudad inaccesible: con tu voz al mar atado sin saberlo. Estoy ahí, nunca he salido.

2
EN LA LUZ, UN HUECO

A Mogador la inaccesible, a la ciudad arrinconada de Mogador, sólo se llegaba por agua. Más de una vez me dijeron, y con diferentes palabras, que eran necesarias las pausas del mar para ir reteniendo en los ojos la piedra blanca de los muros que la rodean. Así la vi desde el agua: todo el peso del sol depositado en cada grano de sus piedras, como si la luz que ciega y su intermitencia le fueran imponiendo al que llega el tiempo y la manera de acercarse. Lo más claro del día que amainaba cualquier proximidad abrupta y el más lento vaivén del agua como el modo suave de aumentar la cercanía.

3
Un mar en el viento

Ya me rodeaba más que el mar su ruido. Su espuma rota sonando a saliva en cada leño del muelle. Su aire de sal picándome la lengua, cociendo todos los muros: lago diluido a soplos, tan ligero que flota cerca del mar, que no se aleja de la humedad en olas porque es la humedad misma a punto de convertirse en mar. Es el anuncio del agua en el viento lo que me envuelve. Mogador, con su lluvia indecisa de sal sobre el muelle.

4
Un eco antes del ruido

El día comenzaba cuando bajé del barco, pero en mí se había impuesto ya la sensación de cruzar tres noches seguidas, de haber dormido y por eso mirar todo cada vez con más reposo. Las cosas que acababan de sucederme, las palabras que apenas había oído, volvían en mi recuerdo instantáneo como si vinieran de muy lejos, como si el horizonte las retuviera allá al fondo y ahora sólo me llegara, como hebra muy delgada, su eco.

5
Lengua fugaz

El largo crujido de la pasarela se perdió entre gritos de estibadores y marinos. Hasta el agua rasgándose en los arrecifes
era voz gutural de una lengua huidiza. Algunas de esas voces
parecían tocarme y la humedad que brotó en mí era sin duda
parte de una cálida conversación demorada. Tu nombre se in-
sinuaba, ahora lo sé, entre dos pasos, entre el calor y el viento,
sin que yo supiera retener sus sílabas. Todo era pronunciado en
una calma submarina, inundada de sol.

6
De un tiempo roto

Trataba de apresar con la punta de los dedos mis sonidos, pero sólo verificaba los huecos que dejaban huyendo. Me aferraba al graznido de una gaviota, al estruendo breve de su aleteo, como quien al despertar cierra de nuevo los ojos: quiere restaurar al sueño y sus habitantes, su luz, su sal, su viento, sus pausas de mar provocando la caída de otra noche. Porque hay pausas que son así: sin ser luz rompen la noche y nos obligan a ir recogiendo su oscuridad primaria en todas las esquinas, en todos los muelles y barcos; trozos de negro estrellado en las bolsas de los viajeros, en el puño cerrado de los estibadores, en el fondo de los ojos, en la parte inclinada de las barcas, en la sombra de mis pies dormidos que descienden por fin a la ciudad temida. Los días no me cabían más en los días y comencé a lanzar con tirones breves mis pasos por los largos corredores empedrados; me fui encajando en las calles, me fui perdiendo en sus hilos.

7
ALAS DE LA CALLE

Como las calles eran calientes el viento las removía calmando un lento hervor de siglos de sol sobre las piedras. Yo sentía ese calor milenario asentándose en los pasadizos de la ciudad como algo exageradamente emotivo: un gesto tan dramático que conmovía a las piedras. Y mientras caminaba rumiando la imagen de las rocas que afectadas hierven en algunas circunstancias, vi burbujas quietas, duras, mirándome desde el suelo, recordándome la vaporosa agitación del té en ese instante que eligen los líquidos para arrojar a su superficie un multiplicado simulacro de fugaces ojos de pez rellenos de aire: los ojos de las rocas se entreabrían, porque el viento soplaba sobre cada adoquín curvo, desgastado, como insinuando al oído de un animal recién reencarnado que ya era hora de elevarse, que la vida de las piedras comenzaba, que removieran sus párpados, que la calle entera había dormido vidas ajenas y en cualquier momento abrirían mil adoquines sus alas.

8
VIDA DE LAS PIEDRAS

Era aquí la piedra la materia más ausente y fue oportuna la caída de un inmenso aerolito para construir la ciudad. De él se hicieron las murallas, los templos, las torres y las casas. Dicen por eso que la ciudad es un regalo del cielo, que los primeros habitantes eran semidioses capaces de moldear las materias divinas y que en Mogador estaba la única escalera —la espiral de luz— que unía al cielo con la tierra. Pero no alcanzó para dar fuerza a las calles. Eran corredores de polvo y sal mojada que impedían el pasaje deslizado. Para aquietar su aliento turbio hubo que traer del desierto a los animales viejos, a los caracoles y otras bestias antes submarinas, endurecidas por los milenios, resecas desde que el mar abandonó esa arena. Nunca se pensó que esos fósiles fueran solamente piedras. Si las otras rocas de la ciudad participaban de las cualidades del cielo, con más razón estos animales que a pesar de su quietismo vivían seguramente una vida paralela, invisible a ojos como los nuestros que inexpertos se detienen en la orilla de la piedra. Los fósiles fueron puestos en las calles por los primeros habitantes de Mogador como quien da habitación a sus nuevos animales.

9
Más allá de las orillas

Pero el vuelo de las rocas en la calle, por supuesto, demoraba; y ese retraso era la extensión de un aliento suspendido, el hueco húmedo y frágil por el que yo avanzaba en Mogador. Demorándome en la demora de las piedras trazaba la grieta indispensable para entrar en la ciudad oculta tras su leyenda impronunciable y su ejército de temores ahuyentando al mundo. Me parecía que los callejones estaban a punto de romperse en tres mil vuelos y disputarse con las gaviotas la nube permanente y fragmentada sobre el puerto. Era tal vez una especie de señal para el deslizamiento oportuno: la distracción de un guardián inexistente.

10
Furia quieta

Las piedras que son estos animales tenían un humor diferente en otros tiempos. Eran apacibles hasta en las noches de tormenta. No respondían con gruñidos, como ahora, a la carrera de los niños. Cuando menos se espera rugen presintiendo el mal clima y se levantan furiosas a lo largo de la calle como si fueran escamas en el lomo de una larga serpiente exasperada. Como las piedras siempre atormentan a la ciudad antes de que la verdadera tormenta se establezca en el aire, se ha llegado a pensar que el humor del firmamento es un reflejo retrasado del ánimo de las piedras. Los truenos y los relámpagos son entonces eco inconforme de los temblores, giros y rumores de los adoquines fósiles. El paso de las nubes es la imagen lenta de los caminantes sobre esta calle movediza.

11
Conversación de dudas

Las voces dispersas en la voz del viento seguían profetizando a las calles un renacimiento: su segura salvación en el empedrado del cielo. Tras esa extraña mentira que pulí sonriendo pude oír al viento y al mismo tiempo aprisionar bajo mis suelas los últimos soplidos de su profecía. Me deslizaba en el caudal secreto donde la voz de mis pasos saludaba a la del aire y esa conversación lenta y vagabunda acompañaba, hecha sombra, mis titubeos.

12
La inaccesible

Me acercaba a ti sin saberlo. Antes de la medianoche ya habría
visitado tu más profunda ciudad y laberinto: encontraría en tu
luz un hueco, un mar en el viento, un eco antes del ruido. Me
hablarías, con la lengua fugaz de un tiempo roto, de las alas de
la calle, de la vida de las piedras más allá de sus orillas. Pero en
ese instante, a las doce, estando con certeza en ti, en tus mareas,
fuiste al mismo tiempo furia quieta, conversación de dudas: la
inaccesible.

III. Escucho por tus oídos

Cuando finalmente logré encontrar al Attar de Mogador, al dueño de la farmacia tradicional que también cura y receta, lo vi en medio de su tienda de plumas y polvos y partes de animales, hojas sueltas de escritura sagrada y piedras talismanes. Estaba aconsejando a una mujer recién casada para que pudiera tener control de su esposo, quien ya llevaba dos días sin ir a dormir con ella.

"Una mañana después de que pasen la noche juntos, orinarás siete veces en tu mano derecha. Un poco cada vez. Y pondrás esas aguas tuyas en una tetera. Cuando prepares el desayuno para tu marido las incluyes. Cuando veas que ya se lo ha tomado pronuncias, sin que él te oiga, estas palabras:

> Te hice tomar mis aguas
> para que sólo veas por mis ojos,
> que sólo escuches por mis oídos,
> que hables sólo con mis palabras."

La mujer asentía con la cabeza y salía corriendo, cubriéndose el rostro, como tratando de evitar que yo la mirara o que cualquiera la identificara al salir de aquel lugar.

Attar, antes de mirarme a los ojos, clavó su mirada en mi tatuaje. Me llenó de preguntas extrañas sobre mi tatarabuelo, sobre mi bisabuelo y sobre mi abuelo. Eran muy pocas las que podía responder. Después comenzó a contarme historias que eran como adivinanzas. Algunas, se supone, sólo las sabían Aziz y Jamal. Para mí eran viejas historias y proverbios que siempre se habían dicho en mi casa y que yo completaba mientras Attar los enunciaba:

—En el fondo del mar hay riquezas incomparables...

—...pero la seguridad está sólo en la orilla —le respondí.

—El caballo árabe corre más veloz que ninguno...

—...pero el camello, despacio, día y noche llega más lejos.

—Si no aguantas el piquete de una aguja...

—...no metas la mano en el nido de los alacranes.

—Nadie tira piedras...

—...a los árboles vueltos leña.

—El verdadero amante...

—...ve en su amada dos o más realidades.

—Como la luna entre los árboles...

—...mi amada aparece y desaparece ante mis ojos.

—Toda la noche un extranjero lloró al lado de un moribundo...

—...pero al llegar el día el visitante había muerto y el enfermo había sanado.

—Si el derviche permanece en éxtasis...

—...su alma quedará dividida.

—Sólo se posee de verdad aquello...

—...que no pueda perderse en un naufragio.

Continuó haciéndome preguntas y me dijo si sabía del manuscrito de Aziz que él guardaba. Le dije que por él venía. Me dijo que antes tendría que saber más de Aziz. Tendría que saber qué tipo de hombre era para respetar lo que había escrito. Se levantó y me invitó a seguirlo afuera de su tienda de remedios. Caminamos hasta el centro de la plaza y esperamos algunos minutos. Attar miraba continuamente la posición del sol.

De pronto, caminando muy despacio apareció un hombre vestido de raso azul y rojo. Ya varias personas lo seguían. Nos unimos al grupo silencioso y paciente. Antes de comenzar a contarnos su historia, el viejo caminó lentamente hacia un lado y el otro de la plaza, hasta encontrar el lugar preciso donde íbamos a escucharlo.

Examinaba todo con curiosidad aparentemente nueva, como si estuviera eligiendo el mejor terreno para fundar una ciudad. Aunque siempre se detenía en el mismo lugar, cerca del centro de la plaza, un poco hacia la Puerta Oeste, justo donde su sombra, al caer el sol, se extendería en dirección opuesta hasta entrar por el portón semiabierto del Palacio del Agua, el *hammam,* el baño público de Mogador.

En el umbral del Palacio, los guardias reconocían su sombra alargada y se apresuraban a besarla antes de que se hundiera por completo en lo más oscuro del edificio. El viejo era para ellos una especie de santo porque era el portador de la palabra que a todos mueve. Es decir, el amo de los gestos que transportan hacia otros estados del alma: un *halaiquí.* Un cuentero ritual de la plaza de Mogador.

El viejo miró a su alrededor deteniéndose un instante en cada uno de los puntos cardinales. Luego vio hacia el cielo y lanzó una especie de quejido reverberante que poco a poco se fue convirtiendo en un canto. Cada oleada de su voz llegaba más lejos y venía de más adentro. A la vez, parecía elevarse como una torre de humo denso y veloz hacia las nubes. Su canto hondo despertaba, hasta en las aves, el deseo profundo de escucharlo. Volaban a su alrededor dando graznidos. Parecían morder el aire. Las notas de la caída del agua en las fuentes del Palacio y de la plaza también se entretejían con su voz, lavándola. Y todos nos acercábamos a beber sus historias con la sed elemental de un niño.

Cuando menos lo esperábamos interrumpía de golpe su canto y comenzaba su relato. Esta vez, antes de iniciarlo ahuyentó violentamente a los niños que ya estaban sentados a sus pies. A varios padres de mirada inocente les pidió que se fueran o que taparan los oídos de sus pequeños.

Ésta es la historia —advertía— de cómo se fueron haciendo nudo, hasta sangrar, las vidas de Hawa y Aziz, y no pienso callarme nada.

Así arrancó de golpe su cuento:

Aquella tarde caliente, mientras el sol parecía comerse lentamente al mundo, Aziz caía seducido de golpe por la sonrisa de Hawa, por la mirada fija de esa mujer que le parecía a la vez enigmática como un felino y apetecible como el agua.

Se había cruzado con ella en esta misma plaza y no había podido ya dejar de mirarla. Acarició de lejos sus pasos. Quiso ser el viento que la tocaba. Lo comía por dentro y por fuera una curiosidad absoluta: quería conocer su voz, saborear el carácter de su risa, respirar su aliento, recorrer los secretos de su piel, y nunca dejar de mirarla.

La siguió compulsivamente. Cuando por fin pudo rodearla para verla de frente y caminar directo hacia ella, su respiración era un torbellino de dudas. Pero un torbellino atraído con certeza hacia el cuerpo de Hawa. Sus propios pasos apresurados iban más lentos que su sangre.

En el momento de cruzarse, ella levantó muy lentamente la mirada y sonrió hacia Aziz, muy de cerca, decidida, como esperando de él las primeras palabras. Sorprendido, él sonrió a su vez y pasó de largo, como si no tuviera nada que decirle nunca. Una extraña timidez, una especie de parálisis inesperada se había apoderado de su garganta, de sus ojos, de sus brazos. Ahora se sentía tonto, incapaz, algo triste.

Pero mientras se alejaba fue sintiendo con alivio que la tensión de sus deseos disminuía. Un viento ligero hizo más suave la mano del sol sobre su cara. Cerró los ojos llenándose por dentro de esa caricia y cuando los abrió, un segundo después, ya estaba corriendo de nuevo hacia Hawa sin una sola palabra en la boca.

Ella, divertida, lo vio venir agitado, inquieto, arrepentido de su fuga. No lo dejó hablar. Con un gesto lento y firme, Hawa levantó su mano hacia la cara de Aziz. Puso dos dedos sobre su boca. Él, casi cerrando los ojos, la mordió con los labios. Ella le fue ofreciendo la mano. Luego le extendió el cuello. Y él obedecía en silencio, con los labios intencionalmente secos, siguiendo la ruta marcada por los movimientos leves de Hawa. Recorría la vena mayor del cuello cuando decidió mojarse los labios, y luego incluir a la lengua en su caricia mordida. Hawa se estremeció; perdió un suspiro.

Su piel se hizo un erizo. Bajo la ropa los pezones le gritaban su deseo de ser acariciados. Y Aziz percibió en el aire, levemente primero y cada vez más decidido, el olor húmedo que embriaga a los hombres cuando las mujeres se abandonan a la ley de los sentidos.

El mar es un olor que nos conduce —pensaba Aziz—. El mar es esta inercia pausada. Este anhelo de llegar a su fuente, de hundirse para siempre en ella. Recordar con la lengua, recordar con las manos. Seguir un paso a paso instintivo. El latido del mar brota en su cuerpo. Me deletrea con sus sílabas cortas. Me envuelve con su olor complaciente.

Aziz, como su oficio de calígrafo lo exigía, con letras inventaba diseños que a muchos parecían sorprendentes. Recordó la frase que acababa de dibujar por la mañana con su caligrafía de filigrana:

Apresúrate despacio

Y la sintió como una orden de fuego para templar la daga de sus movimientos hacia Hawa.

Lentamente, muy lentamente, dejó que la voz de Hawa entrara en él. Que su mirada la acariciara. Que el aliento de los dos se encontrara como manos enredadas.

Caminaron en silencio. No iban a ninguna parte. Se fueron metiendo en las calles laberinto de Mogador. Sólo sabían que querían perderse juntos y no tardaron en lograrlo. Continuaban caminando como para confirmar su extravío. Tenían la sensación de envolverse en una tela inmensa que entre más los unía más los aislaba del mundo. Era la tela de la noche enredada en la tela de aquel laberinto que hasta los ojos les cubría. La ciudad y la noche eran el capullo de su transformación. Porque nunca serían ya los mismos. Una nueva dimensión de sus sentidos se abría veloz en sus cuerpos. Iban siendo como gemelos de mutación, criaturas de su propio deseo. Más que amantes, imaginarios planetas atraídos, con sus selvas que se enredan, con desiertos que mezclan sus arenas.

Caminaron hasta el portal de una casa donde un escalón les sirvió de banca. Nadie pasaba ya por ahí. No muy lejos escuchaban, desde alguna casa vecina, el eco de alguien que roncaba. Sintieron que tal vez también se oía en las casas el rumor de sus besos, la desaparición de sus palabras casi aspiradas, el desliz profundo de sus caricias.

Sintieron que todo el mundo podría oír los silencios habitados que los dos tejían con sus cuerpos. Tuvieron por un instante conciencia de que estaban en la calle pero no les importó. Reinventaron el amor toda la noche abrigados por el calor del verano de sus manos.

Muy pocas palabras se dijeron, pero hasta las más sencillas se volvían obscenas, se volvían caricias, juegos de tacto con respuesta:

—Quiero ser piedra y caer siempre en ti que eres mi pozo.

Y él respondía:

—Quiero ser agua y evaporarme en tu fuego.

Ella, comiéndoselo con los ojos y acariciándole los labios le decía:

—Quiero ser fuego y apagarme en tu sonrisa.

—Quiero ser la sonrisa que tu placer despierta.

—Quiero despertar dentro de tus sueños.

—Quiero llevarte a donde nunca he ido.

—Ya estoy contigo, le decía Hawa, mientras se sentaba en él, de frente, atándolo con las piernas. Tomando con las dos manos su cabeza y hundiéndola en su pecho.

Ya no le dijo que quería devorarla, que quería sentir en la piel de su lengua cómo se transforman sus pezones. Que quería entrar en ella muy lentamente, como anunciándose más que estando, como yendo y viniendo más que penetrando, como convenciendo más que tomando. Ya no le dijo porque lo hizo. Y ella tampoco le dijo por dónde quería que pasaran sus manos, ni en qué momento iba a retenerlo por dentro con una fuerza que a ambos los rebasaba. Sus cuerpos eran los que hablaban, convencían, guiaban, cantaban y, por supuesto, bailaban. Tal vez alguien más en la calle los oía. Nadie dijo nada.

Varias horas después, cuando el sol comenzó a salir y decidieron seguir caminando, todavía oyeron a lo lejos los ronquidos.

Miraron la banca y supieron que difícilmente volverían a dar con ella: con el corazón del laberinto que esa noche trazaron.

Más tarde, en la casa de Aziz, Hawa descubrió con asombro y entusiasmo los útiles caligráficos de su amado y algunas de las frases que dibujaba:

Si lo que tienes que decir no es más bello
que el silencio, entonces cállalo.
Sólo con el corazón se ve claramente.

Entonces Aziz tomó un cálamo nuevo, un carrizo del que bien podría haber sido hecha una flauta, rebanó la punta haciéndole un pico plano, con una pequeña fisura. Lo mojó en tinta que olía a sangre seca y dibujó:

La mujer es un rayo de luz divina

Aziz estaba seguro de que la aparición de Hawa en su vida era la de una diosa. Y que mientras hacían el amor surgía de pronto un aspecto de ella que no era de este mundo. Un poder y una calma que sólo podían ser divinos. Acariciarla era comenzar el ritual por el que invocaba esa presencia bella y terrible: una ternura que al mismo tiempo era fuerza desgarrada. Una oración toda de manos y miradas que se iba convirtiendo en liturgia.

Justo antes de encontrarla sentía que había escrito tanto y con tantas dudas en la página de su vida que estaba toda negra y nada podría ser leído en ella. Ahora comprendía que era necesario volverla oscura para inscribir claramente los trazos deslumbrantes de Hawa, su presencia intensa.

Se dio cuenta de que la manera de amarla iba siendo muy similar a la manera en que emprendía cada obra de caligrafía. Trazaba un contorno: las líneas más amplias primero. Eso en caligrafía se llama armadura. Aprovechaba la forma de ciertas letras para pensar la estructura sobre la cual reposarían las otras letras. En el amor aprovechaba la forma peculiar del cuerpo y los movimientos más comunes de Hawa para atar en ellos otros movimientos, algunos de ellos anhelados por mucho tiempo.

Luego iba tejiendo detalles en una secuencia que nunca descartaba lo imprevisible. Claro que improvisaba al escribir. Dejaba que un paradójico lirismo, paradójico por ser fruto de un rigor de trazos, se apoderara de sus manos. El ritmo y la cadencia de la escritura son parte importante de la labor del calígrafo. Las manos hacen música con las palabras. Los amantes hacen música con la cadencia de sus cuerpos. Sólo el ritmo rompe efectivamente el silencio y precipita los sentidos.

El calígrafo se balancea todo el tiempo entre las nociones de vacío y de lleno. Uno y otro de los amantes se llenan y se vacían. El vacío crea el deseo de plenitud. El lleno hace anhelar el vacío. La música de la plenitud se ejerce como una escritura para dibujar con los cuerpos la forma siempre nueva y secreta de la palabra amor, reinventada por cada pareja de amantes. Decía el poeta Rumi que:

Una buena pluma debe romperse
cuando ha logrado escribir con certeza
la palabra amor

Aquí el viejo de la plaza se detenía, miraba al cielo y lanzaba de nuevo su canto, comenzando con gran fuerza pero extinguiéndolo poco a poco. En todos se hacía el silencio.

IV. Estoy en tus labios, en tus palabras

Attar, de regreso en su tienda, me habló de las múltiples facetas de Aziz. Se dirigió hacia un poliedro de cristal que tenía en su farmacia. Lo levantó ante mis ojos y tocando cada cara del cristal me dijo: "Así es el alma de Aziz: alquimista, hereje, cortesano, calígrafo, filósofo, enamorado de Hawa, ancestro de todos Los Sonámbulos, constructor de palacios y jardines imaginarios, poeta. Léelo con atención. Difunde lo que él ha escrito". Me entregó el manuscrito de Aziz. Me advirtió sobre su valor. Me dijo que no lo dejara un minuto en manos de nadie. Que había por ahí quien era capaz de matar por él. "Incluso he tenido la visita de un par de muertos, de fantasmas, que lo quieren. Su magia es certera. No lo sueltes un instante." Tomé el *Tratado de lo invisible en el amor*, me lo metí en el pecho, abajo de la ropa. Y eso complació a Attar.

Me dijo: "Recuerda, tienes que cuidarlo de los vivos y de los muertos".

Era ya de noche. Apenas me alejé dos metros afuera de su tienda cuando una mujer me cortó el paso fijando sus ojos en los míos. Me tomó de la mano. Me llevó por las calles laberinto de Mogador. Para mi asombro, en muy poco tiempo estaba viviendo con esta mujer exactamente lo mismo que había oído contar al *halaiquí*. Hacíamos el amor en la calle y me decía al oído todo lo que Aziz y Hawa se habían dicho. No podía creerlo. No me extrañó que cuando le pregunté su nombre me dijera que se llamaba Hawa. Bendije mil veces al cálculo geométrico de Aziz y al interés perverso de Abdel Kader. Bendije a todos los dioses que pude recordar en ese momento y les di las gracias por ponerme en manos de una mujer que era como una aparición, recién llegada y llena de historia, súbita y profunda, carnal y milagrosa. Un fantasma posesivo. La mujer de mi destino.

Su belleza era la más terrible que alguien pudiera vivir. O por lo menos eso me parecía. Sus ojos enormes entraban en mi piel. Sus manos me enseñaban todo de nuevo. Era la amante más sorprendente, más dulce, más violenta, más fugaz, más profunda. Quería hacer el amor con ella infinitamente. Con las manos, con la nariz, con las orejas, con todo lo que me dejara entregarle.

Fuimos luego a mi cuarto de hotel. Al pie de la plaza, todo el ruido nos llenaba de fiesta, se metía por la ventana como si los músicos de la plaza tocaran para nosotros. Hawa tenía en el vientre un tatuaje muy similar al mío. Y cuando hacíamos el amor de frente nuestras dos pequeñas manos tatuadas coincidían exactamente. Todo coincidía. Y su nombre también, como emblema de mi búsqueda de Sonámbulo. Mujer jaguar, mujer agua: mujer sueño.

De pronto, me di cuenta de que habían pasado más de nueve horas desde que comencé a escribir esta historia, en mi cuarto de hotel de Mogador, esperando a Hawa. Ya anochece. Debe ser mucho más tarde de las seis, me dije. Me entró de pronto una angustia tremenda. Me daba miedo que Hawa no viniera a nuestra cita. Busqué mi reloj para ver la hora y no lo encontré. Busqué el manuscrito de Aziz y tampoco lo encontré. Ni mi cartera, ni mi pasaporte. Nada. Nadie sabía nada de Hawa en Mogador. Fui a la casa de Abdel Kader en Tánger. Estaba abandonada y gran parte en ruinas. Los niños que me llevaron me dijeron que casi todo el año esa casa estaba deshabitada. Que era de un mago fantasma que se robaba las almas y las ponía en libros… Les dije, impaciente y enojado, que era más bien un estafador. No me creyeron. Yo mismo ya no sabía qué pensar.

¿Había sido estafado o seguía siendo yo una pieza en un juego que no alcanzaba a entender, más grande aún del que me habían explicado? ¿Hice el amor con un fantasma, con una estafadora o todo fue un delirio muy real, un delirio sonámbulo? Sigo buscándola y sigo todavía las huellas de Aziz y sus manuscritos. Tarde o temprano sabré más de ambos. Se me fueron entre los dedos como agua. Los Sonámbulos estamos destinados a llenarnos de fantasmas fugaces, porque somos también como fantasmas en la mente de quienes nos desean. Y si nadie nos desea somos fantasmas vacíos.

Abajo en la cama de mi hotel en Mogador, una sola hoja del libro de los sueños había sido olvidada. Era una parte del sueño número trece. Decía:

> *Creí soñar que estabas pero no estabas*
> *ni siquiera en mi sueño.*
> *Hasta los sueños compartidos*
> *habían escapado contigo.*
> *Me dejabas vacío.*
> *Y al despertar, ese vacío soñado*
> *estaba ya siempre conmigo.*

Nota al margen:
Nueve azulejos formando una novela

1. Posesión. *En los labios del agua* fue escrito por una voz poseída, en el mismo estado de excitación deseante con el que escribí el libro anterior. Pero el tiempo no pasa en vano si se vive con la tenacidad obsesiva de escribir un libro. La vida va dejando sus huellas y en ocho años esa voz narradora se fue llenando de presencias y de distancia, de otras voces, de escenas, de ideas, de espacios, de preguntas y obsesiones. Pero también de muchos placeres de escritura. La investigación sobre el deseo fue tomando una dimensión peculiar que desembocó en la forma y la historia precisas de este libro.

En los labios del agua es contado principalmente por un personaje que a la vez es narrador y busca a su amada a través de varios lugares en el mundo, del desierto de Sonora al Sahara. También busca huellas de un ancestro, no de sangre sino de un linaje de sensibilidad alterada conocido por unos cuantos como la casta de Los Sonámbulos. Dos búsquedas que se entrelazan con una tercera: el narrador busca comprender su deseo. El libro cuenta la historia de ese triple itinerario, viéndolo como una Búsqueda mayúscula: erótica y mística, con la persona amada como una diosa anhelada que muestra sus signos ocasionalmente y de manera equívoca.

Si el libro anterior era una pregunta sobre el deseo femenino, éste lo es sobre el deseo masculino. El narrador entonces se cuestiona a sí mismo, ironiza, reconoce sus debilidades y su ascendencia deseante. Se entrega a sus pasiones y las disecciona con el bisturí de la poesía. Se pregunta en qué consiste exactamente el tipo de anhelos eróticos que él tiene. Observa y vive situaciones extremas de deseo.

2. Exigencia de la creación. Cuando fue publicado *Los nombres del aire*, primer volumen de lo que con los años se iba a convertir en el Quinteto de Mogador, recibió una acogida tan entusiasta que para mí fue asombrosa y para mi editor también. Comenzó a crecer entre ese público el deseo específico de que el segundo volumen anunciado, *En los labios del agua*, fuera un relato muy similar al primero. Y especialmente después de que el libro obtuvo el Premio Xavier Villaurrutia. "Queremos más de lo mismo", me dijo una periodista entonces. Pero mis planes para este libro ya se encaminaban en una dirección distinta. "Más de mí, más de lo que yo pueda poner ante tus ojos, pero no podría hacer exactamente más de lo mismo", le respondí entonces mientras veía como iba desapareciendo su sonrisa y un leve gesto de decepción se fijó en su cara.

Los artistas con frecuencia tenemos la urgencia de contravenir a nuestro público si lo que necesitamos crear es diferente. Tenemos que correr el riesgo de decepcionar para ser fieles a nosotros mismos, a nuestra manera de estar en el mundo y de enfrentar nuestro oficio. Fieles a la necesidad de crear una obra que sea lo mejor que podemos hacer en ese momento. El narrador de este libro es una voz poseída de deseo y obsesionada con ser estéticamente fiel a sí misma.

3. Olvidarse de sí mismo y escuchar. Esa necesidad de escucharse atentamente se complementa con una necesidad inversa de estar atentos a la vida, al mundo. Parecen necesidades contradictorias pero no lo son. Sabe más de sí quien más escucha a los otros.

Así, otro ingrediente fundamental de *En los labios del agua* es la investigación sobre el deseo revisando testimonios muy diversos. Los lectores y sobre todo las lectoras que durante los ocho años que duró su redacción me escribieron o me contaron sus historias de deseo alimentaron esta dimensión del libro. De cierta manera esto lo hace una novela documental sobre el deseo contada en clave poética y narrativa. Pero en este caso también reflexiva. El personaje narrador trata de comprender la hipersensibilidad de ciertos deseantes. Y su propia experiencia excepcional es el detonador de esa búsqueda.

Descubre que un escritor antiguo, Aziz, escribió sobre esos deseantes con los que se identifica un libro. Ese manuscrito perdido aparece fragmentariamente dentro de éste. Ahí llamó a ese grupo sin grupo la casta de Los Sonámbulos. A cada capítulo hay alguna reflexión experimental sobre esa condición de hiperdeseantes que además se reconocen entre sí y forman un linaje de parentesco sensible, de afinidades involuntarias e imperiosas.

La casta de Los Sonámbulos es una de las invenciones de este libro que más han llamado la atención de lectores que se reconocen en esa categoría sensible.

4. La puesta en abismo o un libro dentro del otro. Mi punto de partida para escribir éste era, por supuesto, el libro anterior, *Los nombres del aire*. Pero más que una continuación en el mismo plano del relato y del espacio, me propuse ampliarlo. Justo como se hace en el cine cuando la cámara retrocede y aparecen nuevos espacios, situaciones y personajes: vemos todo lo que estaba antes fuera del cuadro de la pantalla. Pensé además que en ese movimiento hacia atrás mi cámara podría moverse también hacia arriba, no en un círculo que se amplía sino en espiral. Y apareció a cuadro un autor de *Los nombres del aire*, Aziz AlGazali. Inspirado libremente en un antiguo filósofo árabe muy anterior. El primer libro se convertía entonces en personaje dentro del segundo. Y la historia iba a ser narrada por uno de sus lectores. Quien además quiere saber todo sobre el primer Aziz y su descubrimiento: la casta de Los Sonámbulos.

5. El ámbito donde crece el deseo. La escena central de *Los nombres del aire*, donde se relata el encuentro amoroso fundamental del libro, transcurría en un tradicional baño público de vapor, un *hammam*. El ámbito de encuentro en el nuevo libro será una pista de baile. Los enamorados se conocen moviéndose al ritmo de la música y ascendiendo juntos por una escalera de luz que da un sentido de trascendencia al nuevo nudo de

sus deseos. Juntos experimentan uno a uno, lentamente, "los nueve placeres del baile". Así, la novela escenifica una reflexión sobre la danza en pareja concebida como ritual deseante.

Para la descripción de cada uno de esos placeres uso, lúdicamente y con ironía, el método de Mircea Eliade para analizar los rituales de la luz en diferentes civilizaciones. Es una dimensión más de la investigación sobre el deseo presente *En los labios del agua*.

El antiguo género literario árabe del adab es la forma elegida de esta novela que es a la vez una teoría narrativa del deseo. Así este libro hace también, a su manera, reivindicación de un aspecto útil para mí ahora de la cultura literaria arabigoandalusí. El adab permite mostrar, reflexionar y asombrarse: y con esas tres acciones construir un ámbito poético más amplio para que crezca el deseo. Una danza total donde el cuerpo de quien lee baila con las imágenes y las diferentes situaciones del libro.

6. El círculo, la línea y la espiral. Aun dando giros y trazando espirales con el cuerpo, la danza del libro se extiende por el mundo, forma una línea horizontal. Yo quería que a diferencia del libro anterior, que sucede en un espacio delimitado, un círculo, éste tuviera como dibujo de su trama una doble perspectiva: desde un punto de vista se reduce a una línea recta hacia un horizonte lejano donde la intensa luz anhelada es apenas visible. Desde otro punto de vista simultáneo pero más elevado, esta historia forma una espiral muy amplia.

La búsqueda de la amada lleva al narrador a recorrer el mundo. La idea es que la condición de mogadoriana deseante extrema que en el libro anterior tenía el personaje de Fatma, la protagonista, es una condición excepcional pero compartida por varias personas en el mundo: Los Sonámbulos.

7. Ningún exotismo. Podría parecer que este libro tiene un aspecto exótico por suceder en gran parte en Marruecos. Pero no es así. Por una parte, los mexicanos que de verdad conocemos ese país norafricano nos sentimos más cómodos en él que en España o en el sur de los Estados Unidos. Y a los

marroquíes les sucede lo mismo. Entre Marruecos y México hay enormes vidas paralelas que poco a poco van siendo exploradas por escritores, artistas y estudiosos de ambos países. La relación entre Marruecos y México es una relación sur-sur. Y eso no puede perderse de vista. Es interesante que en Marruecos me preguntaron los periodistas: ¿por qué mezcla un lugar real como Mogador con uno imaginario como Sonora? Y en el norte de México me preguntaron exactamente lo contrario. Describir Marruecos para un mexicano es hablar de situaciones culturales cercanas, a pesar de la distancia geográfica. En el Quinteto de Mogador no hay ningún exotismo.

8. Caligrafía. Aziz el viejo, en esta novela, es un calígrafo. Un meticuloso artesano de la escritura árabe que dibuja letras con maestría inigualable. Su actividad creativa, lo que dibuja y escribe de manera tan singular, se vuelve metáfora de lo que quiere ser la escritura de este libro: una forma nueva, recreada en la adversidad, artesanalmente bella y muy significativa. Forma que es contenido.

El calígrafo también ve en sus cartas a la amada, perfectamente dibujadas, la forma de su deseo por ella: sus letras son como él: voluptuoso y controlado.

La caligrafía en el mundo árabe es vista como una red de significados secretos que necesariamente se manifiestan como escritura de dios. Y aparecen con frecuencia a través de los sueños. Una caligrafía soñada puede ser considerada una premonición que debe ser descifrada meticulosamente. Labor de visionarios y sonámbulos. Una pieza de caligrafía árabe es a la vez un sonido, un valor numérico, un texto y una forma plástica. Cuatro caminos certeros para que avance la caligrafía en nosotros, su significado múltiple y su fuerza. La caligrafía hace evidente la relación entre la escritura y el cuerpo, tanto de quien escribe como de quien lee.

9. Dar unidad a la diversidad. Los azulejos. Si el narrador de *En los labios del agua* va reconociendo sus sonámbulos por donde pasa y vive situaciones extremas muy distintas, cada una exigía

ser contada de diferente manera. De ahí el reto de dar una unidad a la diversidad. Y pensé que para ello era ideal el método seguido por los artesanos marroquíes que sobre los muros, en las fuentes, arman asombrosas composiciones de azulejos fragmentarios formando conjuntos geométricos sorprendentes y perfectamente calculados a la vez. Esos tableros de azulejos, zelijes, implican siempre la utilización de una retícula común, llamada "Cuadrado Védico", para poder combinar nueve formas de azulejos diferentes, que añadiendo colores y tamaños llegan a ser noventa y nueve. Es una técnica geométrica que hace de las líneas narrativas de azulejos círculos concéntricos, espirales: verdaderos mándalas. Un tablero de azulejos para la composición peculiar de este libro pero que también serviría para el conjunto de libros sobre el deseo, el Quinteto de Mogador. Lo que me llevó a pensar en la forma de este libro de libros como un mándala narrativo sobre el deseo. Que como me decía una lectora en la India, los mándalas son objetos estéticos que nos revelan su belleza y a través de la contemplación nos ayudan a pensar y sentir, por lo tanto a vivir. Ésa es, creo yo, una de las condiciones privilegiadas de la poesía.

Caligrafías de Hassan Massoudy

 El mar

 Una mujer

 Noche tras noche

 Esplendor

 ¿Cómo entrar en su sueño?

 Pasión

 Tu color

Índice

En los labios del agua de Alberto Ruy Sánchez
se terminó de imprimir en marzo 2022
en los talleres de Corporativo Prográfico, S.A de C.V.,
Calle Dos Núm. 257, Bodega 4, Col. Granjas San Antonio,
C.P. 09070, Alcaldía Iztapalapa, Ciudad de México, México.